Breve passeio pela história do Homem

Ivana Arruda Leite

Breve passeio pela história do Homem

Copyright © 2017 Ivana Arruda Leite
Breve passeio pela história do Homem © Editora Reformatório

Editores
Marcelo Nocelli
Rennan Martens

Preparação de texto
Marina Ruivo

Revisão
Marcelo Nocelli
Marina Ruivo

Imagens de capa
Istockphoto.com

Design e editoração eletrônica
Negrito Produção Editorial

Dados Internacionais de Catalogação na Publicação (CIP)
Bibliotecária Juliana Farias Motta (CRB 7-5880)

Leite, Ivana Arruda, 1951-
    Breve passeio pela história do homem / Ivana Arruda Leite. – São
Paulo: Reformatório, 2017.
    136 p.; 14 x 21 cm.

    ISBN 978-85-66887-36-5

    1. Romance brasileiro. 2. Ficção brasileira. I. Título.
L533b   CDD B869.3

Índices para catálogo sistemático:
1. Romance brasileiro
2. Ficção brasileira

Todos os direitos desta edição reservados à:

EDITORA REFORMATÓRIO
www.reformatorio.com.br

Para Noemi Jaffe

[...] uma massa molhada, brilhante, semelhante a uma noz e composta de 100 bilhões de neurônios tão minúsculos e tão incontáveis que só podiam ser comparados às estrelas de uma galáxia. E, no entanto, o que juntos eles formavam era carne, e os processos que abrigavam eram simples e primitivos. Regulados por diversas substâncias químicas e movidas a eletricidade. Como podia conter aquelas imagens do mundo? Como os pensamentos podiam surgir de dentro daquele naco de carne?

KARL OVE KNAUSGÂRD

Revista Piauí, n. 113, fevereiro de 2016

IDENTIDADE

Reino: *Animal*
Divisão: *Cordado*
Subdivisão: *Vertebrado*
Classe: *Mamífero*
Ordem: *Primata*
Subordem: *Antropoide*
Superfamília: *Hominoide*
Família: *Hominídeo*
Gênero: *Homo*
Espécie: *Homo sapiens*

No princípio era o Verbo
e o Verbo era peludo e guinchava.

Sentei na privada e me vi refletida nas paredes espelhadas do banheiro. Uma macaca velha e gorda que mal consegue se enxugar por causa da barriga que se deita sobre as coxas, o que dificulta muito o acesso à vagina. Perdi quase todos os pelos do corpo. O que resta é um tufo vermelho no alto da cabeça, que preservo pra disfarçar a idade. A lombar dói quando me abaixo pra levantar a calcinha. Ainda somos bípedes imperfeitos. E tome pilates, alongamento, musculação, hidromassagem, bicicleta e esteira pra manter o corpanzil da primata em funcionamento.

Aprender uma coisa por dia faz o cérebro permanecer ativo até o fim da vida. É o que dizem. Ocupo minha mente fazendo cursos. Só no ano passado foram oito:

Filosofia 1 para principiantes;
Mandala e seu uso na cura dos males da alma;
Pós-modernismo, o que é?;
Antropologia para o século XXI;
Os desafios da democracia. Ainda é o melhor sistema?;
O conflito Israel x Palestina – como tudo começou;
Música dodecafônica em oito lições;
Filosofia 2 para principiantes.

A última moda é "ampliar o conhecimento para melhor compreender as questões da contemporaneidade". Tá no folder.

Escolho a cadeira mais perto da porta. Mania de velha. Caso aconteça alguma coisa, sou a primeira a sair sem ser pisoteada. A poltrona de veludo azul-celeste é estreita. Depois de alguns gemidos e requebros, finalmente me encaixo. Os alunos me olham e certamente se perguntam: o que essa coroa tá fazendo aqui? Não devia estar cuidando dos netos?

No canto da sala, um carrinho com chá, café, suco, água gelada, vinho, torradas e *petit-fours* diversos. A mensalidade é uma fortuna, mas o atendimento é de primeira. Pra cada curso, compro um caderno novo. Esse tem um boneco amarelo com um olho só na capa. Nem desconfio quem seja, parei no Mickey e no Pato Donald. Preferia as capas de antigamente, com rosas e crianças de olhos azuis.

Aliás, nada mais ultrapassado que tomar nota em caderno. A macacada mais jovem escreve direto nos aparelhinhos que trazem na mochila.

A professora, quarenta e poucos anos, morena clara, sorriso bonito, cabelo meio desarrumado, é bem mais simpática que as madames que frequentam o local. Pelo sobrenome, deve ser judia. Raquel Goldanski. Espero que ela deixe Deus de lado nessa história. Estou aqui pra saber a verdade.

Raquel pede que cada um se apresente, diga o que faz e o que espera do curso. Pelas minhas contas temos advogados, donas de casa, jornalistas, um médico, uma historiadora, uma funcionária pública aposentada, uma escritora lésbica muito bonitinha e eu, que nunca sei direito quem sou. Então repito o de sempre:

— Meu nome é Lena, tenho 75 anos, sou viúva de um marido que já não era meu há muito tempo. Quando completamos dez anos de casados, ele se apaixonou por uma menina de 16 anos e viveu com ela até morrer. Nunca mais me casei. Besteira a gente faz uma vez só na vida. Há dois anos tive um câncer, mas estou curada. Sempre trabalhei com comida, tenho um restaurante, passei a vida com a barriga no fogão. Depois da doença, deixei o negócio nas mãos da minha sócia e resolvi aproveitar o tempo de maneira mais apetitosa. Meu passatempo predileto é fazer cursos, aprender mais sobre assuntos que me interessam. E a origem da espécie humana sempre me fascinou. Quero muito saber como viemos dar nesses bichos horrorosos e sem caráter.

As piadas saem da minha boca sem querer. A classe morre de rir. Nada mais divertido que uma macaca velha de bom humor.

— Tenho um filho que é escritor. Um dos melhores e mais bonitos do Brasil. O nome dele é Fernão Fantinatti, talvez alguns de vocês o conheçam.

Esses rompantes de orgulho maternal, assim como as piadas, também saem sem querer e sempre me pegam desprevenida.

Primeira aula

MEU NOME é Raquel e juntos vamos fazer um breve passeio pela história do homem. Breve porque temos pouco tempo para abordar um tema que remonta a 6 milhões de anos.

A pretensão do curso é modesta. Não à toa, resolvi chamá-lo de *passeio*. Percorreremos a história da evolução da espécie humana com o espírito dos turistas que têm uma semana para conhecer a cidade dos seus sonhos. Dá pra ver muita coisa, se divertir, tirar fotos, mas não dá pra dizer que se conheceu de fato a cidade.

Este é um curso livre, sem nenhum compromisso acadêmico, até porque minha formação é outra. Sou estudiosa do assunto há muito tempo, acompanho as pesquisas, assino revistas especializadas, já visitei vários museus de história natural pelo mundo, portanto me sinto autorizada a transmitir o que sei a quem sabe menos que eu. Afinal, foi dessa forma que chegamos até aqui: o macaco que sabe mais ensina ao que sabe menos.

A origem da humanidade é um tema tão vasto que é preciso balizar o caminho para não nos perdermos nos detalhes e nas picuinhas paroquiais. O que não falta na paleontologia é divergência entre os cientistas. Quanto às datas, por exemplo, sabe-se que nos separamos dos macacos entre 5 e 7 milhões de anos, mas a data precisa ninguém sabe. Há brigas também pelo reconhecimento de muitas espécies ancestrais, pelas correntes migratórias etc. É preciso buscar fontes confiáveis para não sair por aí falando besteira.

Como se não bastasse, o saber da paleontologia é sempre provisório. Amanhã se descobre um fóssil que põe por terra tudo que era dado como certo.

Dito isso, vamos lá.

Os primatas, de quem descendemos, tiveram origem há 50 milhões de anos com um bichinho chamado Plesiadapis, que media 58 centímetros e se alimentava de frutas e folhas.

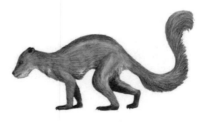

O fóssil desse pré-primata foi encontrado em 1983 pelo paleontólogo Jorn Hurum no Lago Messel, na Alemanha, e recebeu o nome de Ida, em homenagem à filha do cientista.

Ida tinha uma fratura no pulso esquerdo. Um belo dia, ela estava bebendo água na beira do lago quando foi sufocada por uma nuvem de dióxido de carbono. Devido à infecção generalizada por conta da fratura, a pobrezinha não pôde fugir com o bando, caiu desmaiada e foi parar no fundo do lago, onde esperou 47 milhões de anos para ser descoberta.

Se hoje, com o carbono-14 e a tecnologia dos aparelhos de medição, é possível saber idade, peso, tamanho, alimentação e causa da morte de um pré-primata que viveu há 50 milhões de anos, imaginem o que os cientistas do futuro não descobrirão a nosso respeito quando nos encontrarem soterrados por montanhas de concreto e sacos plásticos de supermercados.

Passados 35 milhões de anos, Ida havia se transformado num macaco de 1 metro de altura que pesava 40 quilos chamado Proconsul Africanus.

Ele ganhou esse nome porque, no começo do século XX, quando foi descoberto, os chimpanzés que trabalhavam nos shows do Folies Bergères eram chamados de Cônsul. Como a espécie encontrada era anterior aos chimpanzés, ficou sendo Proconsul.

O Proconsul habitou o Quênia há 18 milhões de anos e é classificado como antropoide, nome dos primatas sem rabo que têm o polegar separado dos outros dedos e cérebro grande. Ele era herbívoro, vivia nas árvores, mas de vez em quando descia para o chão e andava sobre as patas traseiras.

Há 30 milhões de anos, os antropoides deram origem aos hominoides, que tinham o crânio maior ainda e bunda no lugar da calosidade das nádegas. Viviam tanto nas árvores como no chão. Gibões, gorilas, orangotangos, chimpanzés, bonobos e hominídeos pertencem ao grupo dos hominoides, de quem nos separamos há 12 milhões de anos.

Essa separação é tão recente que 98,4% dos nossos genes são idênticos aos dos chimpanzés. Há mais diferença entre a zebra e o cavalo, ou entre o golfinho e o boto, do que entre humanos e chimpanzés.

Os primeiros hominídeos, também conhecidos como Australopitecos, surgiram há 4 milhões de anos.

O que aconteceu entre a separação dos chimpanzés e o aparecimento dos primeiros Australopitecos ninguém sabe, pois não há fósseis desse período. Sem fóssil não se tem história. Eles são as peças imprescindíveis na montagem do quebra-cabeça da nossa evolução. O problema é que são poucos. Se juntarmos todos os esqueletos de Homo erectus existentes dá para lotar um ônibus escolar. Do Homo habilis existem apenas dois esqueletos completos. Dois!

Na paleontologia, ao contrário das ciências humanas, a história é contada pelos perdedores. São os cadáveres que ficam pelo caminho que possibilitam os estudos e as descobertas.

Por hoje é só. Tenham todos uma boa semana. E até a próxima aula.

Amorosus e odiosus

HÁ MILHÕES de anos havia duas espécies de Homo. O *Homo amorosus* e o *Homo odiosus*. *Desde então, essas espécies vêm gerando descendentes, sendo nítidas as diferenças entre elas.*

Os amorosus tendem naturalmente a se doar ao próximo, dar presentes fora de hora e fazer juras de amor ao pé d'ouvido. Em troca, o mundo lhes devolve um dilúvio de afetos e beijos enredando-os num círculo virtuoso de flores purpurinadas que reforçam mais ainda seu comportamento.

Os odiosus, por sua vez, tendem à belicosidade. São especialistas em semear discórdia, levantar lebres do chapéu alheio e trazer à luz o que jaz embaixo dos tapetes. Têm uma fornalha dentro do peito e vivem clamando por justiça e verdade a qualquer preço. Em troca, o mundo lhes devolve um tsunami de ódio, menosprezo e muitos "Se manda daqui", "Não aguento mais ver sua cara", o que os deixa muito infelizes.

Machos e fêmeas se distribuem igualmente por ambas as espécies, sendo um pouco maior o índice de fêmeas entre os odiosus, o que explica os choros frequentes, os gritos histéricos e o espicaçamento nos que estão próximos.

Mas devemos evitar ver um lado só da medalha. A presença de um odiosus na hora certa pode lancetar o mal e trazer o bem à tona. Nada mais promissor do que a chegada de um odiosus pra botar ordem no caos familiar, social ou político.

Assim como amorosus mal posicionados podem esmorecer o ânimo e o vigor de gerações inteiras.

Ao longo da história temos exemplos de odiosus que fizeram um grande bem à humanidade e de amorosus que foderam meio mundo.

Portanto, nada de julgamento a priori. Ambas as espécies podem gerar pessoas boas ou más, dependendo das variáveis e das circunstâncias.

HOJE FERNÃO veio jantar comigo. Esquentei um pernil que tinha na geladeira, fiz farofa de banana, arroz, creme de milho e comemos feito dois hominídeos esfomeados (ou seriam hominoides?). Só paramos quando chegamos ao osso. Eu estava animadíssima com a primeira aula do curso e falava pelos cotovelos, mas a cabeça dele estava longe.

— Sabe qual a profissão mais antiga do mundo? — perguntei.

— Sei.

— Errou. A profissão mais antiga do mundo é a de cozinheiro. Cozinhar foi a primeira atividade tipicamente humana, logo, cozinheira é mais antiga que puta.

— Eu e a Carolina terminamos.

— Eu tô falando em puta e você vem com a Carolina? Qual a relação entre os termos?

— É que ela me chamou de filho da puta umas dez vezes na última briga.

— Por que vocês brigaram?

— O de sempre. Que eu não dou atenção, que eu não tô nem aí pra ela, pros amigos dela, pra família dela, que eu só penso em mim, só quero saber dos meus amigos, das minhas coisas, blá-blá-blá.

— E só agora ela viu isso?

— No começo elas acham que isso faz parte do pacote de excentricidades de escritor, acham engraçadinho. Depois se cansam e pedem penico.

— Não sei de onde vem essa tara das mulheres por escritores. Uma racinha ordinária. A única coisa que vocês têm é lábia pra enrolar as coitadas. Colhão pra levar os relacionamentos pra frente, nem pensar. Basta ver seus amigos. Uns fracassos na vida amorosa.

— Exagero seu, tem muito escritor casado e feliz.

— Dois? Três? Só vou dizer uma coisa: você tá proibido de trazer namorada nova pra dentro dessa casa. Eu acabo virando amiga delas, trocamos confidências e depois quem fica mal sou eu. Às vezes eu me pergunto se você não é gay.

Fernão cuspiu longe o vinho que estava prestes a engolir. Fiquei com a blusa toda respingada.

— Você não pode estar falando sério.

— Ué, tem gente que é gay e não sabe.

— Você chegou a essa brilhante conclusão só porque a Carolina brigou comigo?

— Você nunca se acertou com mulher nenhuma!

—Todos os homens solteiros que você conhece são viados?

— Os que têm quase cinquenta anos como você...

— Deixa de idiotice.

— Meu medo é morrer e te deixar sozinho no mundo.

— Fica tranquila, dona Lena, sozinho seu filho nunca está.

Segunda aula

A EVOLUÇÃO de uma espécie depende das escolhas que ela faz. Quando falo escolha, estou me referindo a escolha por determinação biológica. Um pica-pau que passasse a vida picando um poste seria uma espécie condenada à extinção. O Homo sapiens só sobreviveu porque fez escolhas que tiveram mais sucesso que os outros hominídeos. Boas escolhas prolongam a vida, aumentam a prole e garantem a continuação da espécie. Viver no chão, por exemplo, foi uma ótima escolha. No solo havia alimentação abundante e diversificada. A postura ereta foi outra escolha acertada. Nossos corpos ficaram mais leves e ágeis e nossas mãos estavam livres para carregar paus, pedras e comida enquanto andávamos. Comer carne foi outra excelente escolha. O consumo de proteína praticamente dobrou o tamanho do nosso cérebro. Cozinhar a carne foi a escolha que nos fez inteligentes.

As mutações que contribuem para a continuidade da espécie são incorporadas e transmitidas às novas gerações. As que dão errado são abandonadas. Nós somos um câncer que deu certo.

Vejam esse slide, que ilustra o cronograma da evolução da espécie humana.

Proconsul · Dryopithecus · Oreopithecus · Ramapithecus · Australopithecus · Paranthropus · Advanced Australopithecus · Homo Erectus · Early Homo Sapiens · Solo Man · Rhodesian Man · Neanderthal · Cro-Magnon Man · Modern Homo Sapiens

É óbvio que nossa evolução foi bem mais complexa que essa linha evolutiva perfeita e bonitinha, que termina onde estamos nós. Como se tudo que aconteceu antes fosse apenas a preparação para o surgimento do Homo sapiens. Nada mais falso. A evolução não tem um produto final em mente. Nenhuma espécie deve ser vista como um degrau para se chegar a outra mais evoluída. Cada espécie é o melhor que ela pode ser num dado momento.

Há 6 milhões de anos apareceu na África um macaco sem rabo, com bunda e cabeção que andava sobre os dois pés. Ninguém podia adivinhar que um dia ele iria virar Jesus Cristo, Buda, Maomé, Tiradentes, eu, você. A ideia da evolução como progresso é uma bobagem. A mola mestra do movimento evolucionário não é o progresso, mas a diversificação. Os organismos não "estão indo" para lugar nenhum. Eles estão apenas se adaptando para sobreviver. O Homo sapiens não é o ser supremo da criação. Quando se sentirem tentados a pensar dessa forma, sugiro que deem uma olhada nas fotos de Auschwitz ou das crianças famintas da Somália e recolham-se a sua insignificância. O fato de sermos os únicos Homo sobreviventes até agora é a prova do nosso poder de destruição. Sempre fomos imbatíveis nesse quesito. Nossa eficiência em dizimar espécies vem de longa data e não tem precedente na história da desumanidade. Os europeus dos séculos XVI, XVII e XVIII, entrando em terras distantes e matando nativos, repetiam um padrão de milhões de anos.

Este outro slide é mais próximo da realidade, vejam:

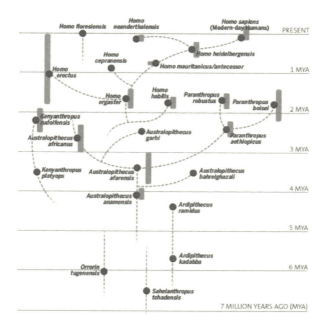

Aqui é possível observar que espécies diferentes, em diferentes graus de evolução, dividiram o mesmo território por milhares de anos. Coexistiram Australopitecos, Homo rudolfensis, Homo habilis, Homo ergaster e Homo erectus.

Resumindo, não existe uma linha ascendente que parta do macaco e chegue ao homem moderno. Devemos pensar a evolução não como uma escada, mas como uma árvore, onde nós somos um dentre os muitos galhos. Por hoje é só. Tenham todos uma ótima semana.

Sabe com quem está falando?

AINDA ONTEM *pulávamos de galho em galho, trepávamos com quem quiséssemos a hora que desse vontade, comíamos frutas e folhas ao alcance da mão. Assim era nossa vida. Tudo bem que ainda guardamos algumas semelhanças com nossos avós, mas é nítido que estamos em outro patamar. Andamos empertigados, temos a cara sem pelos, a boca bonita e as mãos delicadas. Nossa animalidade ficou para trás.*

Basta ver as ferramentas que fazemos. Nunca houve machados como os nossos, com a lâmina em forma de lágrima. Nossas lanças cortam o céu velozes como um raio. Não andamos mais com as vergonhas expostas. Nossas roupas são feitas com pele de urso, lontra, vicunha e víson. Com os ossos, fazemos pulseiras e colares para os dias de festa. Estamos longe do atraso dos nossos ancestrais.

As carnes que devoramos deliciados nos churrascos familiares nos fizeram ficar espertos e ver que tínhamos um caminho promissor pela frente.

Até o fogo fomos capazes de domesticar, quer coisa mais miraculosa? Hoje não há quem não tenha uma tocha na porta de casa. É sinal de prosperidade. Nossas cavernas são aquecidas com lareiras crepitantes onde assamos batatas, bananas, abóboras e mandiocas.

A inteligência tem nos levado cada vez mais longe. A cada temporada conquistamos um novo território. Hoje quase não há um torrão de terra sem um dos nossos.

Quando algum Homo primitivo, desses que ainda vagam por aí, posa de gostoso e ousa nos enfrentar, botamos o dedo na sua cara peluda e gritamos:

— Sabe com quem está falando? Somos Homo sapiens, os donos do pedaço, a cereja do bolo da evolução.

Ele se afasta abatido, sabendo que nada lhe resta senão se submeter ao poder de quem lhe é, em muito, superior.

SEMPRE GOSTEI de cozinhar. Desde menina fazia cursos de culinária, comprava livros de receitas, assinava revistas de gastronomia estrangeiras. Na família, meus jantares eram aguardados com frenesi. *Galantine* de tomate, *aspic* de aspargo, lagosta à Termidor, coquetel de camarão, frango no abacaxi, *voul-au-vent* de caranguejo. De sobremesa, maçãs flambadas, bombons de nozes cobertos com parafina, fios de ovos, mil-folhas de cereja e chantilly. Nos anos 60, ninguém conhecia nada disso, o povo ficava de queixo caído.

Quando Homero me deixou, fui fazer a única coisa que eu sabia na vida: cozinhar. A cozinha me permitiu criar meu filho com dignidade, sem precisar de um puto do meu ex-marido. Até hoje tenho restaurante, mas depois do câncer, minha sócia é quem pega no batente. Graças à Susana, continuamos na lista dos mais queridos da cidade. Não somos os mais chiques nem os mais caros, mas somos apontados como um lugar onde você pode ir sossegado que nunca vai se decepcionar. Não é pouca coisa.

Hoje pela manhã tivemos uma reunião pra discutir o cardápio da próxima estação. Quando mostrei minhas sugestões, Susana torceu a boca:

Costela de bisão com mandioca
Javali cozido no próprio sangue
Raiz de seringueira ao molho de cogumelos
Lombo de rinoceronte recheado de samambaias
Barriga de baleia *à doré*
Pernil de mamute embrulhado em folha de jequitibá
— Será que no Santa Luzia tem pernil de mamute? —
ela perguntou de mau humor. Depois se lembrou: — Ah,
é o bendito curso que você está fazendo.

Colocou o cardápio que havia feito sobre a mesa e
perguntou se eu tinha alguma objeção.

— Tá perfeito. Manda bala.

Nem todos os humanos nascem com o gene do bom
humor. Susana pertence ao time dos que não perdem
tempo com besteira e só pensam no que interessa. Como
sócia, é o ideal, mas fora do trabalho, é insuportável.

Terceira aula

HOJE VAMOS falar dos Australopitecos e dos Parantropus, os primeiros hominídeos a se diferenciar dos primatas antropoides (gorilas, chimpanzés e orangotangos). Há 4 milhões de anos havia muitos grupos de Australopitecos espalhados pela banda oriental da África. Grupos em diferentes estágios de evolução: afarensis, africanus, anamensis, bahrelghazali, gahri, prometeus e setiba. Os mais antigos são os anamensis, que viveram nas margens do Lago de Anam há 4,2 milhões de anos.

Tinham algumas características humanas, eram totalmente bípedes e alguns até faziam ferramentas, mas pensavam e agiam como macacos. Seu cérebro era 30% menor que o nosso. Tinham o tipo de comunicação dos primatas, apesar de a dentição e a língua já se aproximarem dos humanos.

Os machos eram bem maiores que as fêmeas, mesmo assim, não ultrapassavam 1 metro e 40 e pesavam em torno de 50 quilos.

Os afarensis eram um pouco menores. A famosa Lucy é uma Australopiteco afarensis de 3,2 milhões de anos. Ela habitava a Etiópia e ganhou esse nome porque quando foi descoberta, em 1974, a equipe de pesquisadores escutava *Lucy in the Sky with Diamonds* o dia inteiro.

Os Australopitecos dominaram a África por 1 milhão de anos, quando surgiu uma nova espécie denominada Parantropus, que quer dizer "paralelo ao homem". Os Parantropus se subdividiam em três grupos: etiopicus, boisei e robustus. Os etiopicus viveram no Quênia, às margens do Lago Turkana, entre 2,8 e 2,2 milhões de anos. Tinham o cérebro já com a linha sagital, que é a separação entre os dois hemisférios, linha que só os humanos têm. Os molares eram bem grandes e a face prognática. Os boisei foram os primeiros a chegar na costa leste africana. Mediam 1 metro e meio e pesavam 50 quilos. Eram presas fáceis dos grandes animais.

Os robustus viveram no sul da África. Tinham as costas bem largas e uma mandíbula forte pra mastigar grãos e raízes. Chegaram a conviver com o Homo habilis, de quem usavam as ferramentas, embora não soubessem fazê-las.

Australopitecos, Parantropus e Homo habilis foram contemporâneos, no entanto, só o habilis era carnívoro, por isso não havia muita briga por comida, o que facilitava a convivência.

Devem ter transado entre eles e tido muitos filhos, mas como eram de espécies diferentes, os filhos eram estéreis e não se reproduziam. Hoje não temos genes dos Australopitecos no nosso corpo.

Muitos cogitam que os Parantropus desapareceram porque nós os devoramos.

Por hoje é só. Tenham todos uma boa semana.

BREVE PASSEIO PELA HISTÓRIA DO HOMEM 37

A aurora da minha vida

AI QUE SAUDADE que eu tenho do tempo em que vivíamos livres na floresta, sem casa nem compromisso. Macho trepando com macho, fêmea com fêmea, macho com fêmea, sem que ninguém tivesse nada a ver com isso. Maldita racionalidade que fez do mundo esse inferno. Junto com ela chegou o sofrimento. Maldita hora em que os sabichões começaram a ter ideias "luminosas" e querer organizar o que ia muito bem, obrigado.

No tempo da ignorância havia somente três regras a ser cumpridas:

1. Divirta-se, você está no paraíso.

2. Sorria, você está sendo filmado.

3. É proibido comer o fruto da árvore do conhecimento.

O que o rebeldezinho fez? O beatnick, o sou do contra, o abaixo o sistema? Desobedeceu. "Regras existem para serem violadas."

O puto comeu a maldita fruta e nos fodeu pra sempre.

A partir daí nos tornamos conscientes. Bela merda!

Desde então, desandamos a fumar, beber cachaça e encher a pança.

Quem aguenta o tranco de saber que viemos do pó e ao pó voltaremos?

Quem aguenta viver sob tantas regras e a ameaça de queimar no fogo eterno?

Descobrir o sentido da existência nunca foi problema nosso. Viver nos bastava.

A consciência nos foi dada por castigo, entendem? Castigo!

Como pode alguém achar que essa maldição nos engrandece?

HOMERO ERA pacato, conformado com o que tinha. Um cinema e uma pizza aos domingos faziam dele o mais feliz dos homens. Nós dois éramos muito diferentes. Sempre fui mais ambiciosa, mais insatisfeita e até mais inteligente que ele. Eu vivia entediada e infeliz. Queria mais, muito mais.

Lucy devia sentir coisa parecida ao ver seu macho aparvalhado mastigando bambu no alto de uma árvore, e ela doida pra conhecer novas terras e novos Australopitecos. Há milhões de anos padecemos a mesma sina.

Quando me casei, fui morar num sobradinho em Pinheiros, perto da loja de móveis do Homero. Às seis da tarde, ele baixava as portas e voltava pra casa a pé. Tomava banho, punha pijama, jantava e assistia à novela. Às dez da noite, a casa mergulhava num silêncio assustador. Sonhos, pra que te quero?

Eu achava que meu casamento era pra sempre. Naquela época não tinha isso de a pessoa separar porque era infeliz no casamento. A infelicidade fazia parte da vida das mulheres assim como os filhos, a empregada, a casa da praia, a sogra. Felicidade no casamento, e na vida em geral, é uma invenção recente. A gente casava pra poder transar e sair de casa. Se o cara não fosse psicopata, ladrão, alcoólatra, tarado ou doido varrido, você já estava no lucro.

Festas em casa eu sempre dei. O Homero nunca me impediu. Varávamos a madrugada ao som de Nat King Cole, Ray Coniff, Metais em Brasa, Walter Wanderley, Elza Soares, João Gilberto, Miltinho, Elizete Cardoso, Maysa, Trini Lopez e Roberto Carlos, que ainda era um menino.

O pobre do marido trabalhava de sol a sol pra louca da esposa bater perna na Augusta, tomar chá no Mappin, ir às matinês do Cine Majestic ou passar a tarde fofocando com as amigas. Só uma mulher muito neurótica não agradeceria aos céus o vidão que o Homero me dava.

Um belo dia, o primata barrigudo chegou em casa e falou na minha cara que ia embora porque estava apaixonado por uma macaca vinte anos mais nova que ele. "Vou fazer o quê? Meu coração está pedindo!"

Eu andava desconfiada. Um homem tão metódico e certinho como ele, quando começa a se atrasar pro jantar, sumir no meio do dia, chegar em casa com bafo de cerveja e enfiar a cueca no cesto do banheiro antes de ir pro quarto é porque tem mulher na jogada. Eu xingava, berrava, chorava, o cínico dizia que era tudo coisa da minha cabeça.

Fernão tomava o partido do pai. "Não sei como ele te aguenta."

Eu me esfalfando pra levar a porra do casamento morro acima e o descarado comendo uma menininha. Cadê o coitado que sofria nas mãos da neurótica?

E o pior é que eu estava careca de conhecer a vagabunda. Uma branquela mosca-morta que cuidava da contabilidade da loja. Cabelos loiros e escorridos, olhos azuis muito claros, crente, toda recatada.

Eu vivia dizendo "Lurdinha, você precisa se pintar, seus olhos são tão lindos, corta esse cabelo, usa uma roupa mais própria pra sua idade. Você tem dezesseis anos e parece uma velha".

Homero descabaçou a crente menor de idade.

A família dela, quando soube, expulsou-a de casa. Foi aí que meu santo marido resolveu seguir o que o seu coração pedia e levou a virgem dos lábios de mel pra morar com ele num puxadinho no fundo da loja.

Por que continuar com a coroa histérica (eu tinha trinta e quatro anos) se eu posso ter um chuchuzinho de dezesseis anos, doida pra dar pra mim?

Ah, mas deixa estar, um dia ele ainda vai bater na minha porta implorando pra voltar. Essa menina vai levá-lo à miséria. Aí vai ser minha vez de dar risada. Você não disse que ia seguir o que seu coração pedia? Pois, tome. Nessa casa você não entra nunca mais. NUNCA MAIS, entendeu bem?

Homero viveu até o fim da vida com a vaca, com quem teve dois filhos. Morreu se sentindo o homem mais feliz do mundo. Pergunta se algum dia ele se arrependeu e pensou em voltar pra casa.

Quarta aula

A PRIMEIRA espécie do gênero Homo é o Homo rudolfensis, que tem esse nome porque foi descoberto no Lago Rudolf, atual Turkana, no Quênia.

Ele viveu há 2 milhões de anos e por muito tempo foi classificado como Parantropus, por ter braços longos, pés sem arco e mandíbula avantajada. Mas ele tem características humanas que fazem dele a primeira espécie do gênero Homo: o tamanho do crânio, os caninos longos, a face larga e aplainada e o fato de ser onívoro. Os Australopitecos e os Parantropus eram vegans radicais.

Os rudolfensis e os habilis dividiram o mesmo território. Decidir qual deles é nosso ancestral direto é uma questão controversa. Se considerarmos o tamanho do cérebro, viemos dos rudolfensis, que tinham o cérebro maior, mas como o que interessa é o funcionamento do cérebro e não seu tamanho, ficou decidido que viemos dos habilis, cujo cérebro era mais eficiente.

O Homo habilis viveu entre 2 milhões e 1,5 milhão de anos na Etiópia, no Quênia e na Tanzânia.

Ele já era capaz de fazer ferramentas rudimentares, daí o nome habilis, embora usasse braços e pernas para locomover-se. Sua aparência era mais próxima dos chimpanzés que dos humanos. Hoje eles estariam presos no zoológico.

Assim como os Australopitecos, eram baixos, tinham braços compridos e pernas curtas. A testa era elevada e grande. Os pés tinham arcos e os dedos eram alinhados.

Foram os primeiros a sair da floresta e viver em campo aberto.

Quando as florestas africanas começaram a desaparecer, ou se tentava a vida na savana ou se morria de fome. Na savana era impossível continuar sendo vegetariano. O jeito era comer a carniça que os grandes animais deixavam pelo caminho. E nada de nojinho. Era o que tínhamos para o momento.

A ingestão de doses cavalares de proteína fez com que o cérebro do habilis crescesse e passasse a funcionar de um jeito diferente. Ele começou, por exemplo, a fazer mapas mentais da região onde vivia. Era como se tivesse um GPS interno que o levava aos lugares onde havia as melhores caças, aos rios mais piscosos, aos terrenos com árvores frutíferas.

Com suas facas afiadas, abriam pele de crocodilo e carcaça de hipopótamo. Os ossos eram transformados em lanças que chegavam a 42 metros de distância. As dos rudolfensis não passavam de 20 metros.

Uma ferramenta é uma extensão do seu corpo. Ela te permite poupar esforço e, muitas vezes, a vida. Um machado serve para um homem fazer sozinho o serviço de dois ou três. Uma lança serve pra você matar um leão a distância e sair vivo pra jantá-lo.

Os habilis caçavam em grupo. Os machos jovens e fortes iam pro trabalho enquanto as fêmeas ficavam em casa cuidando das crianças e dos velhos. Além disso, cabia a elas fazer a coleta de alimentos nas proximidades do acampamento. Estava inaugurada a divisão social do trabalho. No inverno, quando não havia caça, os machos ficavam em casa, mas nem por isso ajudavam as patroas, que continuavam fazendo tudo sozinhas.

Teria a mulher a marca genética da submissão? Vendo por outro ângulo, teria o homem a marca genética do dominador?

Costumamos atribuir a dominação masculina à cultura, mas estamos falando de povos primitivos, quando a cultura nem cogitava existir.

Sim, o macho, por ser maior e mais forte, traz consigo o gene da dominação e da agressividade. Sem isso nós não estaríamos aqui. Era ele quem lutava contra os inimigos e garantia a segurança do grupo.

As circunstâncias forjam os genomas. O macho precisava ser forte pra defender seu bando. Os indivíduos que se saíam melhor nessa função tinham mais sucesso, mais filhos e espalhavam o gene da dominação e da agressividade ao maior número de indivíduos possível. O grupo que tivesse mais machos dominaria os demais e perpetuaria a espécie. Portanto, o papel da fêmea submissa era conveniente a todos.

Pensem nisso e tenham todos uma boa semana.

O dia em que deixei minha avó para trás

OLHEI MEU rosto nas águas do lago, o rosto do meu companheiro, e comentei baixinho: acho que aconteceu. Ele olhou seu corpo, suas mãos e respondeu: verdade, aconteceu. Há muito sabíamos que uma hora isso ia se dar, mas nunca pensamos que seria dessa forma, tão discretamente, sem aviso nem estrondo. De repente, nós não nos reconhecíamos mais naquele grupo, embora aparentemente não houvesse diferença alguma.

Eu e meu companheiro sabíamos onde estávamos, de onde tínhamos vindo, para onde íamos, quem eram nossos pais, irmãos, tios, sobrinhos. Olhamos ao redor e nomeamos o céu, as estrelas, a direção dos ventos, as montanhas, o rio, cada peixe do rio, os animais que voavam, os que rastejavam, os que tinham pelos, os que tinham chifres, as muitas árvores e as frutas que elas davam, as flores, as pedras, as cores do arco-íris. Mesmo o que ainda não existia teria nome daqui para frente.

Um dia perguntei para minha avó:

— A senhora não tem vontade de saber o nome das coisas, quem é, de onde veio, para onde vai?

Ela cuspiu o bagaço da cana que chupava e perguntou com uma cara azeda:

— Ara, qual a serventia disso?

— Serventia nenhuma, vó, é só para não continuar vivendo como bicho.

— Vai catar piolho que eu tenho mais o que fazer — disse ela dando-me as costas e abanando a mão como se espantasse uma muriçoca.

Vendo que não havia a menor possibilidade de entendimento, chamei meu companheiro e sugeri que fôssemos embora. No meio da noite, juntamos nossas coisas e saímos de fininho. Nunca ninguém veio a nossa procura. Devem ter gostado de se ver livres dos chatos que viviam fazendo perguntas absurdas.

Hoje eu os entendo. Nossos filhos também nos torram a paciência com um tal de querer saber que não tem fim. Eles não acreditam que houve um tempo em que as pessoas não tinham resposta para nada, que nem perguntas faziam. A única preocupação era catar piolhos, buscar comida no mato, transar e fugir dos animais perigosos.

— Que vida mais sem graça — diz a caçula.

Quando mostramos as fotografias dos nossos antepassados, eles morrem de rir.

— Jura que vocês tinham essa cara de macaco?

Eu corto o barato deles:

— Não pensem que vocês são mais bonitos que isso.

FERNÃO TINHA dez anos quando Homero saiu de casa. No começo, ficou revoltado, chorou, disse que não queria mais ver o pai nem pintado. No primeiro fim de semana, quando ouviu a buzina do fusca (eu proibi Homero de entrar na minha casa), saiu correndo sem nem me dar tchau. Voltou eufórico, encantado com a madrasta. "Fomos ao cinema e depois comer cachorro-quente." Eles tinham quase a mesma idade, era natural que se divertissem. Pedi que calasse a boca. "O que você faz com seu pai não me interessa."

Nos anos 70, o país atravessava uma crise terrível. Homero teve que fechar a loja de Pinheiros e abrir uma bem menor no Campo Limpo, na época em que ali era só mato.

Alugou uma casa numa rua de terra e levou a vaca. Os dois cuidavam da casa e da loja sozinhos. Não tinham nem *office boy*. Nesse miserê, imagina se sobrava dinheiro pra pagar a pensão do filho. A bruxa aqui que se fodesse.

No tempo dos gorilas, marido nenhum ia pra cadeia por não pagar pensão. Pagava quando e quanto quisesse. Se a idiota da ex-mulher não se virasse, ia acabar morando na periferia, como ele. Mas meu filho não ia pagar pelas loucuras do pai. Não mesmo. O padrão de vida do Fernão seria mantido nem que eu tivesse que dar a bunda.

Foi assim que a dondoca que nunca tinha trabalhado fora se viu batendo de porta em porta nas lojas do bairro, atrás de emprego. Eu topava qualquer parada. Mas se não tinha vaga pros jovens, imagina pra uma coroa de trinta e quatro anos sem experiência, nem diploma.

Uma vizinha me deu a ideia:

— Você gosta tanto de cozinhar, cozinha tão bem, por que não faz comida pra fora?

Meu primeiro restaurante foi no terraço da minha casa. Ergui uma parede no lugar da porta de vidro, comprei mesas, cadeiras, toalhas, pratos, copos, talheres. *Restaurante da Lena. Aberto de 2ª. a 6ª. das 12h às 14h.* Fernão se encarregou de distribuir os folhetos pela vizinhança.

Uma coisa é fazer janta pros amigos, pratos sofisticados, bebidas caras, empregada te ajudando. Outra é servir cinquenta refeições por dia, cinco dias por semana, pra gente que você não conhece e que te paga na saída. Arroz, feijão, bife, frango ensopado, filé de pescada, purê de batata, batata frita, salada de alface, pepino e tomate. Trivial variado. O melhor da região.

Do dia pra noite, minha casa virou um estabelecimento comercial. Fernão achava o maior barato. Pra quem viveu dez anos no silêncio e calmaria, chegar da escola e ver um mundaréu de gente comendo no seu antigo terraço era uma festa. Ele chegava da escola e corria pra me ajudar. Anotava os pedidos, fechava as contas e dava o troco sem nenhum erro. A caixinha ficava pra ele. Eu tinha uma menina pra me ajudar na cozinha e na faxina. À tarde, enquanto ela lavava a louça, eu ia fazer compras e resolver coisas na rua.

À noite, eu e o Fernão comíamos o que sobrava do almoço, víamos um pouco de televisão e capotávamos exaustos cercados por panelas com feijão de molho.

O cansaço, as pernas latejando, as varizes que começavam a se desenhar, a dor na lombar, as mãos queimadas, a unha e o cabelo por fazer não tinham a menor importância perto do prazer que eu sentia por não precisar do Homero pra nada.

Eu estava bem melhor do que ele e isso não tinha preço.

Quinta aula

CONTINUANDO nos Homo que nos precederam, hoje vamos falar do ergaster e do georgicus.

Ergaster quer dizer trabalhador. O nome foi dado justamente porque eles faziam ferramentas, instrumentos, casas, roupas.

Viveram na África Oriental e na África do Sul entre 1,8 e 1,4 milhão de anos. São descendentes diretos do Homo habilis, contemporâneos dos Australopitecos e dos Parantropus.

Tinham estrutura magra e membros longos, bem diferentes dos habilis, que eram baixos e fortões. O corpo era quase sem pelos, os braços eram menores que as pernas e, pela primeira vez, o nariz era projetado para frente, como o nosso, o que ajuda a manter a temperatura do corpo equilibrada.

Comiam muita carne, especialmente tutano, uma iguaria riquíssima em proteína e que custa uma fortuna nos restaurantes. O tutano fez deles o hominídeo mais inteligente até então.

Mas é bom lembrar que essa inteligência ainda estava longe de ser a nossa inteligência. Estamos falando de espécies que se distanciavam dos primatas, mas eram totalmente desprovidas de racionalidade.

A proteína animal teve um papel preponderante na nossa evolução. Ela aperfeiçoou o funcionamento do cérebro melhorando as estratégias de sobrevivência.

Se continuássemos vegetarianos teríamos sido extintos há milhões de anos. Alguém precisa avisar a Bela Gil. Um rato tem muito mais proteína que uma raiz de árvore e gasta muito menos energia para ser digerido. O excedente de energia acumulada foi para o cérebro e botou lenha nos nossos neurônios, que começaram a funcionar de um jeito novo e muito diferente.

Além disso, a ingestão de carne fez com que nosso intestino diminuísse de tamanho. Não precisávamos mais de quilômetros de tripas para digerir as fibras da alimentação vegan. Diminuiu o abdômen, aumentou a caixa torácica e, *voilá*, tínhamos cintura!

Para os ergaster a África era um bandejão a céu aberto. Chovesse ou fizesse sol, comida não faltava. Eles eram ótimos caçadores.

Muito do que se sabe hoje sobre eles deve-se ao Menino de Turkana, um garoto encontrado nas margens do Lago Turkana, morto há 1,6 milhão de anos. Ele media 1 metro e 60 e ainda tinha dentes de leite aos nove anos. Sua pele era escura para proteger da radiação do sol, seus braços eram mais longos que os nossos. Seu nariz já era projetado para frente.

O ergaster foi a primeira espécie a formar casais estáveis. Até então, a fêmea transava com muitos machos para que eles não soubessem quais eram seus filhos e não matassem as crianças dos outros. Já os ergaster tinham um núcleo familiar estabelecido, com pacto de fidelidade entre o macho e a fêmea. O macho passou a assumir a paternidade e garantir o bem-estar da fêmea e dos filhos. Com isso, eles perderam muito da agressividade, ficaram mais mansos e diminuíram de tamanho. Até então, como nas demais espécies, os machos eram bem maiores que as fêmeas.

Os ergaster eram curiosos e exploradores. Parte deles saiu da África na primeira corrente migratória, há cerca de 600 mil anos, e chegou à Europa, dando origem aos heidelberguensis e neandertais. Os que permaneceram em solo africano deram origem aos rodesianos e ao Homo sapiens.

O Homo georgicus é uma espécie intermediária entre o habilis e o erectus.

Os primeiros fósseis dessa espécie foram encontrados em 2002, na Geórgia, daí o nome. Mediam em torno de 1 metro e meio e pesavam 45 quilos. O volume do cérebro era de 600 a 780 mililitros. O nosso varia de 1.350 a 1.500 mililitros. Talvez fizessem ferramentas de pedra lascada. Não se sabe ao certo.

Eles viveram há 1,8 milhão de anos. São descendentes dos ergaster que se fixaram na fronteira da Europa com a Geórgia. Por conta das condições geográficas, tinham a pele branca, cabelos claros e olhos azuis. Deram origem aos caucasianos.

Na próxima aula falaremos do Homo erectus, a espécie mais bem-sucedida até hoje.

Tenham todos uma boa semana.

Tuntun

TUNTUN CHEGOU ao Centro de Recuperação com a mão em pandarecos. Tropeçou numa armadilha que os caçadores clandestinos costumam espalhar pelo parque. Tentou saltar a tempo, mas a mão ficou presa.

O Centro é famoso pelos cuidados da Dra. Genevieve. Em três semanas, Tuntum não só tinha sarado do ferimento como desenvolvia longas conversas com a doutora. Genevieve é especialista em comunicação com primatas. Tuntum apontava onde doía, pedia comida, jogava a bola azul ou vermelha conforme ela pedia, demonstrava afeto como gente grande.

Mas o Centro é lugar de passagem. Assim que os animais ficam curados, são devolvidos à selva. A estadia de Tuntum já se prolongava muito além do necessário e nada da doutora dar alta pra ele.

O Diretor queria saber quando ela o devolveria à floresta, mas a resposta era sempre a mesma. "A ferida ainda não está bem cicatrizada."

Um dia, ao ver o gorila sentado na cadeira da doutora, o Diretor teve um siricutico.

— Amanhã quero esse bicho longe daqui.

Não tinha como postergar.

Tarde da noite, Genevieve foi à jaula de Tuntum e levou-o até a velha caminhonete. Colocou-o na carroceria, fechou a portinhola e saiu em ponto morto para não acordar o vigia.

Durante o trajeto, os dois trocavam olhares pelo espelho retrovisor.

Quando a gasolina deu sinais de acabar, Genevieve parou a caminhonete sem ter a menor ideia de onde estava. Apagou os faróis e abriu a carroceria.

Tuntum desceu ressabiado, olhou tudo ao redor, estendeu a mão para sua amada e levou-a para conhecer sua casa.

Não demorou e Fernão veio me contando que a Lurdinha estava grávida. Como alguém que não tem dinheiro pra pagar a pensão do filho é capaz de botar mais uma criança no mundo? A vaca estava na flor da idade, louca pra ser mãe. Até isso ela me roubou. Eu não seria mais a única mulher a ter um filho do Homero.

Fernão voltava do Campo Limpo contando do enxoval, do berço, do quarto. "Hoje eu pus a mão na barriga da Lurdinha e senti o nenê mexer." Ele estava tão feliz com a ideia de ter um irmãozinho que eu até aguentava calada. Era raro vê-lo animado com alguma coisa.

Quando o menino nasceu, Homero teve a cara de pau de ligar pra minha casa pra avisar.

— Diz pro Fernão que o Marcelo nasceu. É um menino lindo, de quase quatro quilos, loiro e lindo como a mãe.

— Pode deixar que eu dou o recado — falei, antes de bater o telefone na cara dele.

Quem lhe deu o direito de ligar pra minha casa pra contar essa barbaridade?

Fernão queria detalhes.

— Meu pai falou como ele vai chamar?

— Marcelo.

— Oba! Fui eu que escolhi esse nome, sabia?

Entrei no banheiro e chorei como se a vadia fosse eu. À noite, meu filho devia sonhar com as tetas da madrasta esguichando leite. O lençol amanhecia encharcado. Adivinha quem lavava a porra que ele desperdiçava com a vaca?

Quando ela engravidou pela segunda vez, Fernão tinha quase dezoito anos.

Homero sempre quis ter uma menina. Insistia pra tentarmos, mas eu nunca topei. Meu instinto maternal era suficiente pra um filho só. Pois até isso a filha da puta lhe deu. Eduarda era o nome da irmã do meu filho.

Um dia, arrumando o quarto dele, achei uma foto da menina. Aniversário de um ano, bolo no quintal, balões pendurados, criançada ao redor. No colo do Homero, apagando a velinha, uma negrinha de cabelo pixaim, lábios grossos e nariz de batata.

Seria aquela a Eduarda? Adotada ela não tinha sido. Tive o desprazer de acompanhar mês a mês a maldita gravidez. Será que foi trocada na maternidade e ninguém reparou? Só eu tô vendo que essa menina não pode ser filha do Homero?

— Por que você nunca me disse que sua irmã era negra?

— Negra? A Eduarda? Do que você tá falando?

— De uma foto que eu vi na sua escrivaninha.

Em vez de me responder, Fernão preferiu surtar e fazer escândalo por eu ter mexido nas coisas dele. A foto estava em cima da escrivaninha pra qualquer um ver, mas ele berrava que eu era uma pessoa horrorosa, que meu único prazer era atormentar a vida do pai dele, que o Homero não estava nem aí pra mim, nem lembrava que eu existia, enquanto eu não tinha outra ocupação a não ser ficar futricando a vida dele. Disse que a Lurdinha era uma mulher maravilhosa e que o pai era o mais feliz dos homens.

— Esta sua obsessão só pode ser doença. Vai procurar um psiquiatra. Você precisa de tratamento. — E saiu malhando a porta.

— Eu não tenho culpa da sua irmã ser negra! — berrei da janela, mas ele não me ouviu.

Sexta Aula

HOJE VAMOS falar do Homo erectus, do Homo antecessor e do Homo cepranensis.

O erectus surgiu há 1,8 milhão de anos e desapareceu há 30 mil anos, o que significa que é a espécie mais longeva do gênero Homo e que conviveu longamente com o Homo sapiens.

Em 1891, Eugène Dubois encontrou um fóssil que julgou ser do primeiro homem a andar ereto, por isso deu-lhe o nome de erectus, mas o tempo acabou mostrando que ele estava errado. Nós já éramos bípedes muito antes do Homo erectus.

Dentre os hominídeos há espécies conservadoras, que conhecem muito bem o território onde vivem, detestam novidades e sucumbem diante de mudanças dramáticas no habitat. E há outras, mais plásticas, que se adaptam às mudanças e adversidades, são curiosas e estão sempre viajando em busca de novidades. Estas costumam ser mais bem-sucedidas na corrente evolucionária.

Australopitecos, rudolfensis e habilis eram conservadores. Nunca saíram do solo africano e viveram relativamente pouco. O erectus, bon-vivant, acabou ganhando o mundo. Quem segura um bicho ágil, curioso e com a cabeça a mil?

Eles faziam ferramentas de pedra, madeira e ossos. Inventaram a machadinha em forma de lágrima, que permaneceu inalterada por 1 milhão de anos. Num tempo em que nossos celulares ficam obsoletos em um ano, imaginem o que é usar a mesma ferramenta por 1 milhão de anos.

Num lance de genialidade, descobriram que o corpo humano se divide em duas metades, direita e esquerda, e que existem coisas que são feitas com a mão direita e outras, com a esquerda. Descobriram também que alguns dentre eles faziam o contrário. Pasmem: havia machados diferentes para destros e canhotos!

Viviam em grupos de até cem pessoas e cuidavam das necessidades uns dos outros. O esquema era o mesmo de sempre: velhos, mulheres e crianças em casa, cuidando da coleta, machos adultos caçando, pescando, combatendo os inimigos e cuidando da proteção do grupo.

Apesar das semelhanças, o Homo erectus não é considerado nosso ancestral direto. Não trazemos seus genes no nosso corpo. Eles ainda não falavam, mas imagina-se que se comunicavam por meio de gestos e sons mais ou menos articulados. Para as emergências, tinham gritos e grunhidos específicos, como alguns povos seminômades ainda hoje. Os sons que emitiam eram parecidos com os de uma criança de dois anos. Além disso, faziam uso de estalos da língua, palmas e movimentos do corpo para se expressar. Tudo era linguagem.

Construíam abrigos de pedra, cobriam o corpo com peles de animais e se movimentavam seguindo a rota da temporada de caça e pesca. Usavam fogo para cozinhar, espantar os inimigos e aprisionar animais. Mas como ainda não sabiam manter a chama acesa, o fogo era mais um problema do que uma solução. Qualquer chuvinha e a chama ia embora.

Pior era antes, quando além de não saber apagar ou prolongar as chamas, eles não sabiam nem acender o fogo. Aproveitavam a combustão quando ela acontecia espontaneamente, um raio que caísse numa árvore, por exemplo.

Um dia descobriram que certas resinas eram inflamáveis. Metade do problema estava resolvido. Agora só faltava aprender a apagar a fogueira que devorava tudo que estivesse ao redor. Há 500 mil anos, finalmente, o homem conseguiu controlar o fogo.

Os erectus eram ótimos caçadores. Conheciam as plantas, sabiam quais eram venenosas, quais curavam as feridas (há fósseis desse período com ossos curados), mas ainda deixavam seus mortos pelo caminho, como qualquer animal.

O espírito aventureiro o levou à China, às ilhas do Pacífico, à Indonésia e Austrália. A pé, evidentemente. Naquela época o mar era muito mais baixo e podia-se caminhar por terra da África à Austrália.

A culpa do seu desaparecimento recai sobre o Homo sapiens. Onde chegávamos, os nativos eram sumariamente eliminados. Nossa experiência em exterminar espécies vem de longa data.

O Homo antecessor viveu na Espanha, Portugal e Itália entre 1,2 milhão e 800 mil anos atrás.

É a primeira espécie do gênero Homo que realmente se parece conosco. Sua mandíbula era estreita, os dentes pequenos, tinham maçãs do rosto bem marcadas. Os machos mediam até 1 metro e 85 e pesavam em torno de 80 quilos.

Se hoje a infância dos nossos filhos se estende por muitos anos, devemos isso ao Homo antecessor. Como eles viviam em grupos de oito a dez indivíduos e os casais formavam parcerias estáveis, podiam cuidar por mais tempo dos filhos.

Apesar de controlar o fogo, comiam carne crua e praticavam o canibalismo, não se sabe se por carência de proteína ou se por algum ritual.

Usavam o sílex para fazer ferramentas e utensílios, os quais eram pouco elaborados.

Finalmente, temos o Homo cepranensis, que tem esse nome porque foi descoberto na cidade de Ceprano, na Itália, em 1994.

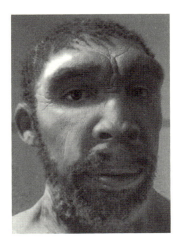

Infelizmente os dados para classificá-lo como uma nova espécie ainda são incipientes.

A maioria dos cientistas não reconhece o Homo antecessor nem os cepranensis como espécies à parte, mas como variações do erectus ou do ergaster.

Por hoje é só. Tenham todos uma boa semana.

Até onde vai o mundo?

VIVÍAMOS NA *banda oeste do Vale do Rift quando apareceu a grande novidade do verão: andar sobre os dois pés. A gente já tinha ouvido falar, mas nunca tínhamos visto ninguém realizar a proeza. A turma do leste chegou se exibindo com o peito estufado, abanando os membros superiores como galhos ao vento. Achamos aquilo muito esquisito. Parecia uma deformidade.*

De vez em quando nós também ficávamos em pé para catar uma fruta ou correr de um predador, mas era coisa rápida. Eles não. Era o tempo todo. Parecia que tinham nascido assim. Tentavam nos ensinar.

— É só levantar a cabeça e olhar para frente. Um pé depois do outro.

E se mijavam de rir dos nossos tombos.

Aos poucos a marcha engrenou. Nosso corpo mudou muito depois disso. Ficamos mais altos, mais magros, mais ágeis. Os pelos caíram quase completamente. A safadeza aumentou muito por estarmos tão expostos. Mas o que mais nos encantou, além de poder andar e carregar coisas ao mesmo tempo, foi olhar o horizonte.

Para quem passou a vida de cara pro chão, a paisagem era um deslumbramento. Visão panorâmica de 360 graus.

Agora víamos o perigo de longe e podíamos fugir a tempo. Por mais que andássemos, nunca chegávamos onde a vista alcançava. No final da tarde, sentávamos numa pedra e aplaudíamos o pôr do sol. O que será que tem atrás daquela árvore? E daquele morro? E do outro lado do rio?

Foi aí que descobrimos que o mundo era bem maior e ia bem mais longe que o Vale do Rift.

Assim que terminou o colegial, Fernão prestou exame na Colúmbia e foi estudar literatura nos Estados Unidos. Eu dei o maior apoio. Se ficasse aqui, ia continuar enfiado na casa do Homero. Quanto mais longe daquela gente, melhor. A essa altura eu já tinha um restaurante de renome nos Jardins. Com a minha ajuda mais a bolsa da universidade, ele pôde alugar um apartamento no Queens e viver muito tempo em Nova York.

Pelo menos duas vezes por ano eu ia visitá-lo. Adorava ir ao Museu de História Natural. Ficava horas na sala da evolução da espécie humana olhando os dioramas, aqueles homens e mulheres peludos em tamanho natural, tentando me enxergar dentro deles. Tirei centenas de slides, pena que o mofo acabou com tudo.

Numa das vezes em que fui à Nova York, Fernão pediu que eu entregasse um envelope com mais de trezentas páginas datilografadas nas mãos do fulano de tal da editora x.

Desde pequenininho ele sempre gostou de escrever, vivia com um caderno nas mãos. Eu era a primeira leitora das suas poesias e contos. Mesmo sem ter muita familiaridade com literatura, eu sabia que aquilo era bom e o incentivava.

— Um romance! — gritei emocionada.

— É, acho que é — Fernão sempre se assusta com meu entusiasmo.

Na primeira página, em letras graúdas, *Fernão Fantinatti*. Não segurei as lágrimas. Ele tinha escolhido o *meu* sobrenome como nome artístico! Pelo menos essa eu ganhei do Homero.

Naquela época a entrega dos originais era feita nas mãos do editor. Em menos de um mês, ele me ligou dizendo que tinha gostado muito e que publicaria o livro. Adivinha quem assinou o primeiro contrato dele? Eu, por procuração. Depois desse, acabei assinando mais três que foram publicados enquanto ele ainda estava nos Estados Unidos.

Os críticos se derramavam em elogios. "O brilhante talento da literatura contemporânea é um jovem que estuda Letras em Nova York e ninguém conhece."

Eu recortava as matérias e mandava pra ele pelo correio. Sempre guardei tudo que saiu. Tenho dezenas de pastas com recortes de revistas e jornais.

Hoje o Fernão tem uma agente que cuida da vida dele, mas o meu acervo ninguém tem. Além de todas as edições dos livros publicados no Brasil e no estrangeiro, dos vídeos com todas as entrevistas, tenho ainda os cadernos com as primeiras histórias que ele escreveu.

Quando digo que um dia isso vai valer uma fortuna, ele morre de rir. "Deixa de história, hoje tem tudo na internet." Como se a internet fosse mais confiável que baú de mãe.

Sempre que alguém precisa de um material mais antigo, é a mim que recorrem. Já mandei os cadernos até pro *New York Times*.

Adivinha quem subiu no palco pra receber o primeiro Jabuti que ele ganhou?

Sétima aula

HOJE VEREMOS mais três espécies Homo: heidelbergensis, floresiensis e o famoso Homem de Neandertal.
    Os heidelbergensis descendem dos ergaster, daí sua semelhança conosco.

Viveram próximos a Heidelberg, na Alemanha, entre 500 mil e 250 mil anos. Eram loiros de olhos azuis, tinham pele bem clara, mediam em torno de 1 metro e 80 e chegavam a pesar 100 quilos. Um tipão. Tinham o crânio quase do tamanho do nosso e as mandíbulas salientes. Já possuíam o osso hioide, que é o osso que possibilita a fala, na laringe.

Comiam carniças de animais mortos, mas quando não havia comida, empunhavam suas lanças e saíam à caça. Eles deram origem ao Homem de Neandertal, que acabou povoando a Europa inteira.

Os floresiensis habitaram a Ilha de Flores, na Indonésia, entre 74 mil e 12 mil anos atrás. Sua extinção deve-se a uma violenta erupção vulcânica e, claro, à chegada do Homo sapiens. O primeiro esqueleto quase completo dessa espécie foi encontrado em 2004 e batizado de Hobbit. Tempos depois, viu-se que Hobbit era uma mulher, mas já era tarde.

Eles eram uns tipos bem esquisitos. Os adultos mediam em torno de 1 metro e 20 e tinham um cérebro menor que o de um chimpanzé. Apesar de pequenos, a estrutura do crânio e a dentição eram praticamente iguais às do Homo erectus. Tinham as pernas curtas, a mandíbula reforçada, o formato do quadril e o dedão do pé perpendicular aos outros dedos, como os Australopitecos. As mãos eram humanas, demasiado humanas.

O nanismo é um fenômeno comum em populações que vivem isoladas. Nesse tipo de habitat, tudo que for maior que um coelho tende a diminuir, tudo que for menor, tende a aumentar. Escavações feitas em 2001 na Caverna Liang Bua mostram ossadas de cegonhas, ratos e coelhos gigantescos, e elefantes pigmeus, também chamados estegodontes. Na ausência de leões, os elefantes relaxam e diminuem de tamanho. Já os bichos pequenos podem ser tão grandes quanto sempre sonharam.

Os floresiensis assavam suas caças antes de comê-las. Foram encontrados ossos de animais calcinados ao lado de fogueiras. Pelo tamanho dos ossos, a caça era feita em grupo. Um anão sozinho dificilmente daria conta de matar os bichos enormes que comiam.

Muitos cientistas não reconhecem os heidelbergensis nem os floresiensis como espécies diferenciadas. Dizem que se trata de subespécies dos erectus ou dos ergaster. O mesmo não se dá com o Homo neanderthalensis, do qual ninguém duvida da autonomia filogenética.

O primeiro fóssil do Homem de Neandertal foi encontrado em 1856 no Vale do Rio Neander, na Alemanha.

Somos parentes, mas não de primeiro grau. Apesar de termos 99,7% dos genes em comum, existem diferenças morfológicas importantes que o excluem da espécie humana. Nosso ancestral comum talvez seja o Homo hiedelbergensis.

Os neandertais também possuíam o osso hioide, mas ele ainda não estava no lugar certo, por isso a fala deles era lenta e anasalada.

Por terem vindo de países muito frios, tinham a pele muito branca, os cabelos ruivos e os olhos claros. O cérebro era maior que o do sapiens. Os mais altos mediam 1 metro e 65 e eram bem musculosos, o que dificultava a locomoção e os deixava num permanente estado de inércia.

Povoaram a Europa, o Oriente Médio, Israel e boa parte da Ásia, entre 300 mil e 30 mil anos atrás. Viviam em bandos de 8 a 25 indivíduos e moravam em cavernas. O mundo dos neandertais era a caverna e a família.

Tinham grande habilidade na manufatura de ferramentas e fabricavam até instrumentos musicais. Foi encontrada uma flauta de quatro furos de escala diatônica feita de um fêmur de urso num acampamento neandertalense. Suas lanças não iam muito longe. Chegavam a 20 metros no máximo, o que, dependendo da caça, significava a morte do caçador.

Adoravam se enfeitar. Faziam colares e adornos, coroas e capacetes. Muitos fósseis exibem esses enfeites na cabeça. Possuíam rituais funerários. Além de enfeitar o defunto, cobriam-no com flores e objetos pessoais. Tinham fogão de pedra nas cavernas, comiam cogumelos e carne seca. Praticavam a caça predatória sem nenhuma preocupação com o dia de amanhã. Dizimados os animais, levantavam acampamento e iam depredar outro lugar.

Nas regiões geladas, o bando ficava nas cavernas, todos agasalhados com roupas feitas de peles de animais, mesmo assim, morria muita gente de fome e de frio. Os cadáveres eram enterrados sob uma grossa camada de gelo, daí muitos fósseis terem sido encontrados em perfeito estado de conservação.

Neandertais e sapiens conviveram em solo europeu e devem ter tido muitos filhos, mas como eram de espécies diferentes, nasciam todos estéreis. Hoje não existem descendentes dos neandertais entre nós, embora pesquisas genéticas recentes garantam que temos genes neandertalenses no nosso DNA. O Menino de Lapedo talvez confirme essa teoria.

Descoberto em 1998 no Vale do Lapedo, em Portugal, essa criança morta há 24.500 anos estava embrulhada numa mortalha tingida de vermelho, trazia no pescoço um colar de conchas vermelhas e na cabeça quatro dentes de veado numa espécie de touca. Ao seu lado, havia carne de veado como oferenda. Apesar de ser conhecido como Menino de Lapedo, até hoje não se tem certeza do seu sexo nem da sua espécie. Pode ser sapiens, neandertalense ou uma mistura dos dois.

São muitas as causas do desaparecimento dos neandertais:
1. O período de gestação das mulheres neandertalenses era de doze meses. Os sapiens se multiplicavam mais rapidamente.
2. Eles tinham pouca variedade genética, já que eram uma espécie mais recente que o sapiens. Quanto menos variedade genética, menos chances de a espécie sobreviver.
3. Eram uma espécie conservadora, não gostavam de sair do lugar que conheciam. Os sapiens eram andarilhos, curiosos e generalistas e se adaptavam com facilidade às diversas paisagens.
4. Eles tinham a força. Nós tínhamos a inteligência.
Por hoje é só. Tenham todos uma boa semana.

Minha Ziza

SEMPRE FOMOS considerados seres ridículos. Talvez por sermos tão pequenos, talvez pelo formato das orelhas, talvez pela nossa cor de azeitona. Mas saibam que, para nós, os estranhos eram vocês, gigantes que chegaram sei lá de onde, invadiram nossas casas, estupraram nossas mulheres. Ouvíamos os gritos das pobrezinhas quando vocês enfiavam o membro gigantesco no minúsculo buraquinho delas.

Como lutar com alguém que tem o dobro do seu tamanho?

Depois vieram as cantadas. Por mais que eu dissesse pra Ziza não se fiar nas aparências, "eles só querem tirar proveito, esquece esses caras", ela corria à janela cada vez que um de vocês vinha beber no bar em frente.

— Estamos indo pra Espanha. Lá acabaremos com os neandertais e dominaremos o mundo. Vem conosco — diziam os putos.

Ela acreditou e foi com eles. Me deixou sozinho com três crianças.

Na Sibéria o tal "namorado" se apaixonou por uma loira, alta, de olhos azuis e deixou minha Ziza tremelicando de frio. Ela morreu sozinha, feito uma ratazana, soterrada por uma geleira.

Hoje a fama dos sapiens se espalhou. Todos dizem que se trata de uma raça superior, que são os maiorais, que vão tomar conta do mundo.

Malditos é o que eles são. Conheço bem essa raça.

Mas deixa estar que o mundo dá muitas voltas e um dia essa conta será cobrada.

Assim que soube que o pai estava com uma doença gravíssima, Fernão largou a Colúmbia, as aulas que dava, o apartamento, os amigos, a namorada e voltou pro Brasil. Os irmãos lhe escreveram dizendo que Homero estava sendo atendido no corredor do hospital do Campo Limpo, sem um puto pra comprar remédio. Claro que ele veio correndo e se enfiou de novo na casa do pai. Levou Homero aos melhores médicos, pagou internação no Sírio Libanês, esbanjou grana, tempo e cuidados. Se fosse comigo, será que ele faria o mesmo? Era minha dúvida. Mas nada disso adiantou porque logo o Homero bateu as botas.

Lembro até hoje. Fernão chegou no restaurante, me abraçou e chorou feito criança. Aliás, minto, nem quando criança eu o tinha visto chorar daquele jeito. Quando se acalmou, tirou um papel do bolso e pediu que eu assinasse.

— Não vai me dizer que você tá querendo enterrar seu pai no túmulo da *minha* família? — perguntei, sem acreditar no que estava lendo.

— Meu pai vai ser enterrado no túmulo da *nossa* família. Os pais dele estão lá, por que ele não iria?

— Os pais dele estão lá porque, quando eles morreram, eu era casada com seu pai e eles não tinham túmulo. Agora não tem o menor cabimento você querer levar seu pai pra lá. Só me faltava essa, passar a eternidade ao lado do vagabundo. Pro Araçá ele não vai de jeito nenhum.

— Eu não tô pedindo, eu tô MANDANDO — falou enfiando o papel na minha cara. — Assina logo essa porra antes que eu perca a cabeça.

Ele meteria a mão na minha cara se eu não assinasse. Não tive outra opção. Mas deixei bem claro que a vaca e os filhos da vaca não iriam pra lá de jeito nenhum.

— Fica tranquila. A Lurdinha é muito mais moça que você. Quando ela morrer, você já terá ido há tempos — disse com um sorriso cínico antes de me dar as costas e ir embora.

Oitava aula

HOJE VAMOS conhecer os denisovensis, os rodhesiensis e os Cro-Magnon.

Há 600 mil anos, o Homo erectus saiu da África e chegou ao Oriente Médio, onde parte do grupo foi para o Oeste e chegou à Europa, dando origem aos neandertais, e outra parte foi pra Ásia e deu origem aos denisovensis.

O nome vem do local onde foram encontrados: a Caverna Denisova, na Rússia. Habitaram as regiões geladas da Sibéria entre 600 mil e 30 mil anos. Como a temperatura média é zero grau, os fósseis foram encontrados em ótimo estado. Havia inclusive ferramentas do Homo sapiens, mostrando que as espécies conviveram.

Os denisovensis eram robustos como os neandertais, são chamados de neandertais asiáticos, mas tinham uma dentição parecida com a nossa.

Uma equipe de cientistas alemães sequenciou o DNA mitocondrial de um fragmento de osso de uma criança de 40 mil anos e constatou que há vestígios de DNA denisovense nas populações da Melanésia e do Tibet.

Os rodhesiensis, ou Homem da Rodésia, viveram na antiga Rodésia, atual Zâmbia, entre 600 mil e 160 mil anos atrás.

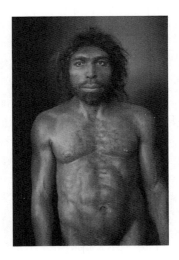

Pesavam em torno de 90 quilos, mediam 1 metro e 80, tinham volume cerebral em torno de 1.280 mililitros. Eram mestres em ferramentas bonitas e eficientes. Até então as lanças e machados eram rudimentares. Depois dos rodhesiensis, as lanças ficaram mais delgadas, as facas e machados mais cortantes e os cabos eram decorados com desenhos simétricos.

Muitos consideram os denisovensis e rodhesiensis como subespécies dos heildelbergensis. Mas como a existência dos heidelbergensis também é contestada, ou se aceita os três ou não se aceita nenhum.

O Cro-Magnon era um sapiens primitivo. Seu primeiro exemplar foi encontrado em 1868 na caverna de Cro-Magnon, sudoeste da França, originando seu nome.

Os neandertais eram descendentes do Homo erectus, que saiu da África na primeira diáspora, há 600 mil anos. Os Cro-Magnons eram descendentes do Homo ergaster e chegaram ao solo europeu na última diáspora, há 40 mil anos.

O tipo físico dos Cro-Magnons devia impressionar. Muitos chegavam a 2 metros de altura, tinham pele clara e os olhos azuis. A testa era reta, as sobrancelhas leves e a face curta e larga. Foram os primeiros Homo a ter queixo proeminente. A capacidade craniana era maior do que a nossa. Moravam em cavernas feitas com ossos de mamute, tinham fogão em casa e só comiam carnes cozidas. Usavam lindos casacos de pele costurados por eles mesmos com agulhas de osso. De terno, passariam por humanos em qualquer restaurante, embora ainda não o fossem.

Quando os Cro-Magnons toparam com os neandertais, o susto foi de ambas as partes. Os primeiros nunca tinham visto seres tão feios, musculosos e invocados, e os neandertais nunca tinham visto homens tão altos, bonitos e delicados.

Os neandertais roubavam as ferramentas dos primos ricos, copiavam, mas não conseguiam ir além porque a criatividade dos baixinhos era praticamente zero.

Além de armas e ferramentas, os Cro-Magnons faziam estatuetas de pedra e desenhos nas paredes. Os neandertais olhavam aquilo e se perguntavam: como conseguem desenhar bisões tão perfeitos?

Mentira. Os neandertais não perguntavam nada porque eram totalmente desprovidos de inteligência, e sem ela ninguém faz pergunta alguma.

Eu falei do desenho dos Cro-Magnons, mas na verdade os animais desenhados nas cavernas não eram expressões artísticas no sentido que entendemos hoje, e sim desenhos de cunho pedagógico e ritualístico. Eles acreditavam no poder mágico das imagens. Se bem que há estudiosos que afirmam que os desenhos e grafismos tinham preocupações estéticas.

As estatuetas de mulheres grávidas, por exemplo, eram usadas nos rituais de fertilidade, mas eram bonitas e caprichadas demais para dizermos que eram meros objetos ritualísticos. O mesmo se pode dizer dos desenhos geométricos no cabo dos machados. Por que tanto esmero?

Além de fazer lanças, casacos, churrascos e pinturas, os Cro-Magnons realizavam uma proeza ainda mais assombrosa: eles conversavam entre si, trocavam informações, perguntavam qual o melhor caminho, espalhavam boatos, contavam piadas, faziam fofocas, enquanto os neandertais se limitavam a gritar e grunhir.

Um parêntese sobre a fofoca. Ela surgiu nos bandos primitivos como uma forma de correção. Uma antecipação da punição legal. Quando se queria punir alguém por mau comportamento, espalhavam-se coisas a respeito desse indivíduo para torná-lo risível e ridículo perante o grupo. Dessa forma, ele se emendava e modificava seu comportamento. A fofoca surgiu como medida pedagógica para botar o sujeito na linha antes de castigá-lo.

Os Cro-Magnons foram os primeiros hominídeos a ter pensamento não fragmentado. Até então, nossos ancestrais só eram capazes de fazer uma coisa por vez. Ou assobiavam ou chupavam cana, ou fabricavam martelos ou acendiam o fogo, ou colhiam frutas ou transavam. Não conseguiam pensar em outra coisa que não fosse aquilo com que se ocupavam. Já os Cro-Magnons conseguiam desenhar, esculpir estatuetas, fazer lanças, paquerar, discutir futebol, fazer fofoca, tudo ao mesmo tempo agora.

A vida deles era muito bem organizada. As tarefas eram distribuídas segundo o desejo e a capacidade de cada um, e o resultado, partilhado em cerimônias festivas. As atividades principais eram a caça e a pesca. Ao contrário dos neandertais, praticavam a caça e a pesca sustentáveis, tomando cuidado para não destruir a natureza.

Não eram sedentários, o que só veio a acontecer com a invenção da agricultura, cerca de 10 mil anos atrás, mas ficavam num mesmo lugar até esgotarem todas as possibilidades. Nessa época, o homem ainda não sabia que, em se plantando, tudo dá.

Os Cro-Magnons acreditavam no sobrenatural, nos poderes mágicos dos rituais e na vida depois da morte. Enterravam seus mortos com ornamentos funerários e objetos pessoais que visavam facilitar a passagem para o outro lado.

Há 30 mil anos a Europa cobriu-se de gelo ameaçando neandertais e Cro-Magnons. Para se salvar, ambos foram caminhando em direção ao Sul, pelas margens do Mediterrâneo. Os neandertais na frente, os Cro-Magnons, atrás. No sul da Espanha, os baixinhos foram encurralados e massacrados pelos bonitões. A convivência entre neandertais e Cro-Magnons durou 10 mil anos e alternou períodos de paz e de guerra.

Os Cro-Magnons foram os primeiros a domesticar cachorros selvagens. Segundo a antropóloga Pat Shipman, isso contou muito para a vitória deles sobre os neandertais. Além de os cães ajudarem a proteger o grupo, roubavam a comida do inimigo.

Depois da extinção dos neandertais, os Cro-Magnons se tornaram os donos absolutos da Europa por 10 mil anos, até que a temperatura começou a subir a limites insuportáveis, a vegetação secou, as renas e mamutes voltaram para o Norte e eles morreram de fome.

Por hoje é só. Tenham todos uma ótima semana.

Sobre representações e batalhas perdidas

ALCIDES SE aproximava de casa quando ouviu Vera gritar.

— Corre, vem ver uma coisa.

Ao entrar, foi tomado por um tremor incontrolável.

— Que horror! Quem fez isso?

— Não sei — respondeu a mulher. — Um dos vizinhos?

— Imagina! Desde quando nossa gente sai por aí riscando a parede dos outros? Isso é coisa de gente desocupada.

— O que são esses bichos? Por que não se mexem? Será que são de verdade? — perguntou Vera.

— Não sei — disse o marido aparvalhado.

Depois desse dia, muitas cavernas apareceram pintadas. O medo e a revolta tomavam conta do bando.

* * *

Certa tarde, Alcides tropeçou numa mulher muito pequena, feita de pedra. Ao lado, uma anta com as vísceras expostas. Ele jogou terra sobre a anta e trouxe o estranho objeto para os amigos verem.

— Isso deve ser coisa daquela gente — disse Mateus colocando o dedo na barriguinha da mulher pra ver se ela respirava.

Vera teve um ataque de riso.

— Será que as mulheres deles são desse tamanho?
Amélia observou.

— Ela vai ganhar nenê. Olha o barrigão.

— Parem com isso! — gritou Alcides — Não estão vendo que isso não é uma mulher de verdade? Foi feita na pedra para representar uma mulher.

— O que é representar? — perguntaram todos ao mesmo tempo.

— É quando uma coisa de mentira está no lugar de outra, verdadeira. Os bichos que apareceram nas paredes também são representações. Parecem de verdade, mas foram feitos com carvão, cera de abelha e resina de árvore.

— Alcides vinha estudando o assunto.

— E por que eles fazem essas coisas?

— Talvez acreditem que tenham algum poder.

— E desde quando um desenho na parede ou uma mulher de pedra tem algum poder?

Alcides ainda não tinha todas as respostas.

* * *

Certa feita ele caçava do outro lado do rio, quando topou com um braço podre e arroxeado brotando da terra. Uma capivara que o acompanhava, atraída pelo cheiro da carniça, se encarregou de fuçar a terra e descobrir o corpo de um homem enrolado num pano vermelho. Na cabeça carcomida enroscava-se uma touca de conchas e no pescoço, um colar de sementes.

Alcides tampou a boca pra não vomitar. O fedor estava insuportável. Os amigos logo chegaram.

— Quem colocou esse homem aí? Qual é a representação dessa vez?

— Por que colocar um morto dentro de um buraco e cobrir com terra? Ainda mais vestido desse jeito.

— Eles devem acreditar que a pessoa, ao morrer, vai para algum lugar. Nesse caso, é melhor estar vestido — respondeu Alcides.

Dessa vez, a gargalhada foi geral.

— Se fosse assim, era só enterrar todo mundo que ninguém mais morria.

— Morreu tá morto. Esses caras são lunáticos.

* * *

Eles chegaram no meio da noite. De longe pareciam árvores ambulantes. Altos, com a pele clara, os cabelos cor do sol e olhos azuis. Riam e falavam uma língua estranha. As mulheres ficaram atordoadas com tanta beleza. Alcides tomou a frente e perguntou:

— Quem são vocês? O que querem?

Os homenzarrões comentavam entre si:

— Que tipos estranhos. Como são baixos, como são feios. E as mulheres? Uns tribufus.

— Deve ser alguma espécie nativa da região.

O mais alto aproximou-se de Alcides e falou escandindo as sílabas:

— Nós somos os Cro-Magnons. Cro-ma-nhons. Estamos vindo da África pra morar aqui, na Europa, Eu-ro-pa, entendeu?

A turma de Alcides estava apavorada.

— Quem são esses caras? Estão rindo de quê?

Pra explicar melhor, o loiro alto de olhos azuis entrou na caverna, apontou os bisões na parede:

— No mês passado estivemos aqui e fizemos esses desenhos pra mostrar que agora é tudo nosso, a casa, as terras, os animais. Tu-do nos-so, entendeu? — dizia batendo no peito.

Alcides enfrentou-os com valentia.

— Nós somos os donos dessas terras. Ninguém vai nos mandar embora da nossa própria casa. Estamos aqui há milênios.

Mas a comunicação entre os que falavam e os que grunhiam era impossível, até que os Cro-Magnons perderam a paciência e começaram a jogar tudo fora, esteiras, machados, lanças, roupas e panelas.

Alcides ensaiou uns pontapés, mas no primeiro sopapo caiu por terra. O jeito foi dar no pé antes que acontecesse coisa pior. As crianças corriam atrás, coitadinhas. As mais lerdas ficaram com os Cro-Magnons.

* * *

Bem longe de casa, pararam pra descansar e decidir o que fazer.

— *Tamo fudido. Essa gente veio pra ficar* — *disse alguém.*

Vendo o abatimento da turba, Alcides subiu numa pedra e fez um discurso inflamado.

— *Irmãos, coragem! Não é hora de esmorecer. Por que o desânimo? Cadê a garra e o sangue no olho que sempre tivemos? Somos mais fortes e mais numerosos do que esses farsantes. E temos os pés bem plantados no chão. Não perdemos tempo riscando parede nem fazendo mulher de pedra. Muito menos enterramos gente morta. A realidade é o sol que nos ilumina. Já pensaram o que viraria o mundo nas mãos desses alienados? Vamos dar um tempo e esperar o momento certo pra pegar de volta o que nos pertence. Perdemos a primeira batalha, mas a luta continua. Viva os neandertais!*

— *Viva!* — *gritaram todos num só coração.*

DEPOIS QUE Homero morreu, Fernão continuou dando toda assistência pra vaca e pros filhos dela.

Marcelo, o filho mais velho, nunca deu trabalho. Sempre foi estudioso, inteligente, o orgulho da família. Formou-se em direito, casou-se com um deputado federal e mora em Brasília.

Eduarda, a bastardinha, era a típica adolescente rebelde e infernizava a vida da mãe. Chegava bêbada de madrugada, dava pra meio mundo, e só andava com os maconheiros do Campo Limpo. Lurdinha vivia chamando Fernão pra apagar os incêndios da endemoninhada.

Também, pudera, ela cresceu sofrendo *bullying*. "Você é adotada", "Foi deixada numa cesta na porta da casa dos seus pais", "Você é negra e seus pais são brancos". Era natural que a menina fosse revoltada. Homero e Lurdinha contemporizavam dizendo que era maldade de gente desocupada, ou inveja por ela ser tão linda.

Só depois da morte do Homero, a vaca chamou os filhos em casa e contou a verdade. Eduarda era filha de um negão, dono do bar onde eles iam ouvir samba e tomar cerveja aos domingos. Um típico caso de tesão incontrolável. Poucos encontros, só sexo. Mas ela deu azar e engravidou. O cara queria que ela tirasse a criança, mas a santa do pau oco bancou a gravidez até o fim na esperança de que fosse do Homero. As chances eram *fifty fifty*.

Enquanto ele dava duro na loja, a vagabunda deixava o filho com a vizinha e corria pra se encontrar com o amante num quartinho nos fundos do bar.

O trouxa do Homero gostava tanto dela que não só a perdoou, como nunca abriu a boca sobre o assunto.

Claro que ele sabia que a Eduarda não era sua filha, mas isso não tinha a menor importância. Tudo que ele queria era viver bem com sua amada, que dali em diante seguiu mortificada o resto da vida pelo mau passo.

Eduarda se mandou de casa dizendo que nunca mais queria ver a cara da mãe na sua frente. Nem quis saber o nome do pai biológico. Pra ela, Homero era seu pai verdadeiro, o pai que ela adorava e morria de saudade. Sem ter pra onde ir, adivinha onde ela foi bater?

O inferno da Lurdinha terminava onde começava o meu.

Nona aula

HOJE COMEÇAMOS a estudar o Homo sapiens.
A primeira pergunta que nos fazemos é: quando foi que nos tornamos humanos? A partir de que ponto se pode afirmar que daqui pra frente é tudo gente? A resposta não é tão simples e envolve uma longa discussão que atravessa a antropologia, a paleontologia, a biologia, a sociologia, a psicologia e até a filosofia.

Tudo depende do que se entende por humano e dos critérios utilizados para definir humanidade.

Não existe um momento x em que nos tornamos humanos. As mudanças foram acontecendo ao longo do tempo. Mas se a passagem do não humano para o humano é fluida, não se pode dizer que ela seja imperceptível. Existe um limite entre o ser e o não ser e isso está fora de discussão. Nossa humanidade foi conquistada em etapas. Começamos caminhando sobre os dois pés, depois fizemos artefatos, depois nos tornamos carnívoros, o cérebro cresceu, veio a fala, os grupos se organizaram, surgiu a família, as instituições, a justiça, a sociedade.

A segunda pergunta que se coloca é: se muitos hominídeos eram bípedes, tinham o cérebro avantajado, viviam em grupos organizados, por que só nós nos tornamos humanos e inteligentes?

Acontece que nossos ancestrais faziam tudo isso por instinto, como os animais que nascem programados para se comportar dessa ou daquela forma e repetem o padrão do nascimento até a morte. As colmeias de hoje são exatamente iguais às que as abelhas faziam há milhões de anos. A sociedade das formigas, idem. Os macacos lascam pedras hoje do mesmo modo que sempre lascaram. Eles não sabem nem conseguem fazer diferente.

Já no nosso caso, organização social, manufatura e linguagem foram e continuam sendo modificadas conforme o interesse, a necessidade e as possibilidades de cada época e lugar. Nosso comportamento deixou de ser ditado pela natureza e passou a ser resultado de uma escolha. Tudo que somos e fizemos nos últimos 100 mil anos é resultado de escolhas livres e racionais. É isso que nos diferencia dos animais e nos torna únicos.

Nós já éramos bípedes, fazíamos ferramentas, dominávamos o fogo e comíamos carne cozida muito antes de sermos inteligentes. Existe uma máxima antropológica maravilhosa que diz: o machado fez o homem. O que nos distingue dos nossos ancestrais é o funcionamento do cérebro, nossa capacidade de fazer planos, de desenhar mapas mentais, de sonhar com o futuro, de saber que há futuro, de inventar deuses, contar histórias, fundar nações, viver em sociedade.

Há 100 mil anos, alguém olhou para um cabrito morto e pensou: eu também vou morrer. Primata nenhum jamais teve ou terá tal pensamento. A consciência da morte nos levou à consciência da vida. *Ecce homo*.

O Homo sapiens é resultado de mudanças genéticas que ocorreram espontaneamente, sem nenhuma razão particular. A evolução não tem outro propósito a não ser se reproduzir e se perpetuar. Não fomos nem somos uma raça privilegiada eleita para dominar o mundo. Somos o resultado de uma sucessão de acasos bem-sucedidos.

Entre o habilis e o sapiens houve dezenas de Homo que não deram certo, produtos com defeito que foram descartados pela máquina da evolução. Como toda máquina, ela é impiedosa e só investe no que dá lucro. O Homo sapiens era um produto altamente rentável.

Há 50 mil anos começamos a nos expressar simbolicamente, a nos reconhecer no outro, a ter consciência da vida, da morte e de nós mesmos. Tudo que aconteceu depois: a Mona Lisa, a *Quinta Sinfonia, Dom Quixote*, o Iphone e a chapinha, nasceu dessa primeira e única espécie inteligente que se conhece.

Durante a esmagadora maioria do tempo da nossa existência, fomos animais. Segundo Robert Foley, antropólogo britânico, "os humanos anteriores à humanidade são claramente animais". A inteligência apareceu no finzinho do filme, quando os créditos já estavam subindo. Dois terços da nossa existência, nós passamos na África.

A capacidade de buscar comida onde não existe, de se aventurar em mares desconhecidos, de matar bichos enormes, construir casas, de se organizar socialmente não definem o ser humano.

O que nos faz humanos é a capacidade de se perguntar: de onde eu vim e para onde vou? De fazer escolhas, olhar para dentro e pensar: será que é isso mesmo que eu quero? Tá valendo a pena seguir por esse caminho? Perguntas que não têm nada a ver com o tamanho do cérebro, mas com as sinapses que acontecem dentro dele. É aí que mora o dom. É isso que nos distingue dos animais.

Antes de terminar, gostaria de ler um trecho de um antropólogo espanhol, Juan Luis Arsuaga, que diz: "Os animais não são capazes de fazer planos a longo prazo, nem de observarem a si mesmos, já que nisso consiste a consciência humana. Não duvido que os animais – além da sensibilidade – tenham também desejos e conhecimentos, pois sabem e querem, mas não parecem capazes de analisar os seus próprios desejos e conhecimentos. Não sabem que sabem tampouco sabem o que querem, porque lhes falta o "terceiro olho", aquele que olha para dentro. A consciência humana se dirige também para si, e assim somos conscientes de ter consciência e nos dedicamos a filosofar sobre ela: de onde ela terá vindo, e como terá chegado até nós?".

Por hoje é só. Boa semana a todos.

Futuro

MINHA AVÓ *tinha dons divinatórios. Olhava as estrelas e dizia coisas que iam acontecer um dia. Algumas nos faziam rir; outras, chorar, como quando disse que muitos de nós morreríamos afogados nas águas que viriam de longe. Pouco depois uma onda de calor derreteu as geleiras do Norte e milhares sucumbiram.*

A maioria das previsões não fazia sentido para o bando de primatas recém-chegados à vida inteligente, muito menos para uma criança como eu.

Um dia seremos altos, fortes e lindos, dizia ela. Usaremos roupas feitas por máquinas e teremos os pés protegidos por uma capa de couro mole. Da nossa boca sairá um som chamado fala humana que evitará muitos mal-entendidos, mas causará outros maiores. Sobre a nossa mesa haverá uma infinidade de comida. Nossos corpos serão redondos e doentes.

Viveremos atordoados por um torvelinho de emoções, ideologias, religiões e traumas que nos cegarão o espírito. Não seremos mais donos do nosso destino.

As relações sociais serão espinhosas e cheias de preconceitos. Pai desconhecerá filho, filho desconhecerá pai. O acasalamento obedecerá a regras complicadíssimas que não serão feitas pelos membros do grupo, mas pela soma da vontade deles, que é a vontade de ninguém. A liberdade que temos hoje será uma remota lembrança.

Cada pessoa terá um nome e, associado a ele, uma qualidade. O pai dos nossos filhos será Marido. Se ele for bonzinho e nos fizer feliz será Querido, Amor, Coração. Se for estúpido, bater na nossa cara e nos trocar por outra será Ordinário, Cafajeste, Filho da Puta. A mulher que nos roubou o marido será sempre Aquela Vaca, a vizinha fofoqueira será Cascavel. A mãe do marido, Jararaca.

O tesão, hoje tão banal e corriqueiro, vai virar moeda de troca de alto valor. Muito sangue vai correr por causa dele.

Machos e fêmeas carregarão no pescoço uma coleira invisível chamada Culpa. Ela os impedirá de voltar à bestialidade, que é como seremos vistos no futuro.

EDUARDA TINHA dezesseis anos quando foi morar com Fernão, era uma mulher feita. Queria ser modelo, como toda menina bonita da periferia. Não se conformava em ser pobre, mulata e morar no Campo Limpo. Rodou um monte de agências com o book que o Fernão lhe deu de presente. Ela não tinha perfil pra passarela, mas acabou trabalhando como *hostess*, demonstradora em feiras, e recepcionista de eventos.

Saber que a filha da vaca estava morando com meu filho era a morte pra mim. Nunca mais pus os pés na casa dele. Um dia ele chegou no restaurante com a cara mais lavada do mundo e me contou que estava namorando a Eduarda.

— Vocês são irmãos! — gritei horrorizada.

— Não! Nós não somos irmãos — ele gritou de volta — não temos uma gota de sangue em comum. Você foi a primeira a sacar isso logo que ela nasceu, lembra?

Tava na cara que ia dar merda. Imagina se o Fernão é homem de deixar passar uma mulher gostosa desfilando o dia inteiro de camisola na frente dele. O paspalho estava de quatro pela bastardinha.

— Ela é uma menina incrível, superesforçada, divertida, linda de morrer. Você precisa conhecê-la.

— Jura mesmo que você tá pensando que eu vou aceitar essa palhaçada? Não basta o que a vaca da mãe dela me fez, agora vem a filha e leva você de mim? A única coisa que me restava! Se o objetivo era desgraçar minha vida, parabéns, você não podia ter feito coisa melhor. Nem pense em aparecer com ela na minha frente. Eu te proíbo até de pronunciar o nome dela na minha presença. Essa moça vai te ferrar igualzinho a mãe dela fez com seu pai.

— Quem disse que a Lurdinha ferrou meu pai?

Pouco importa o sofrimento da mãe quando se tem uma menina de dezesseis anos, linda de morrer, louca pra dar pra você. Eu que me fodesse. Igualzinho ao pai.

Nas rodas de escritores só se falava no namoro do Fernão Fantinatti com a ex-irmã. De vez em quando ele lembrava que tinha mãe e ia almoçar no restaurante. Me contava as coisas por alto, tomando cuidado pra não esbarrar no nome proibido. Eu contava as novidades sem a menor disposição, tomávamos café e nos despedíamos como dois estranhos. Foram quase dois anos nesse inferno.

Um dia, Eduarda recebeu uma proposta milionária pra trabalhar num hotel em Dubai e se mandou. O Fernão ficou pra morrer de tristeza. Eu não sabia se dava graças a Deus por me ver livre do encosto ou se mandava buscar a biscate pra alegrar de novo a vida do meu filho.

Depois dela, ele teve uns namoricos, mas nunca mais se acertou com mulher nenhuma.

Décima aula

O TEMA DA aula de hoje é assados e cozidos. Segundo Darwin, o cozimento dos alimentos foi a maior invenção já feita pelo homem, depois da linguagem. Talvez devêssemos colocar a linguagem em segundo lugar, afinal, nosso aparelho fonador uma hora ia nos fazer falar, já cozinhar alimentos foi realmente uma descoberta. Nada nos levaria a trocar o *steak tartar* pelo bife na chapa, a não ser a inteligência.

Hoje vivemos repetindo que nós somos o que comemos, mas eu duvido que se tenha ideia do alcance dessa frase. Nós nos *tornamos* humanos por causa da comida. Richard Wrangham, antropólogo estudioso do assunto, nos chama de macacos cozinheiros.

Alguns dizem que o uso do fogo começou há 40 mil anos, outros há 200 mil, outros há 500 mil anos. Afirmam até que o Homo erectus comia carne assada há 1,8 milhão de anos. Nós vamos ficar nos 200 mil anos que é a data mais aceita pela maioria dos cientistas.

Domesticar o fogo e usá-lo para cozinhar alimentos deu um *upgrade* absurdo na nossa humanidade. Há 1,8 milhão de anos, quando deixamos de ser vegetarianos e nos tornamos carnívoros, viramos Homo habilis. Há

200 mil anos, quando começamos a comer carne cozida, viramos Homo sapiens.

A carne cozida era mais gostosa, mais fácil de digerir e livre dos micro-organismos que matavam meio mundo. A energia que gastávamos fazendo a digestão foi toda para o cérebro, o órgão que mais consome energia.

Depois da nova dieta nosso estômago ficou menor, a função sexual melhorou, passamos a ter mais filhos, e filhos mais saudáveis. A sobrevivência da espécie estava garantida.

O cardápio era variado. Comia-se carne cozida na água ou na própria gordura, peixe envolto em folhas ou prensado na pedra, bambu recheado de carne picada assado na brasa, tripas com sangue e carne moída fritas na gordura do animal. Kaftas, linguiças, *papillotes*, tudo isso já existia na mesa do homem primitivo. Até o típico churrasco fogo de chão eles faziam. Cavavam um buraco na terra, colocavam a carne enrolada em folhas aromáticas e cobriam de brasas. As carnes vinham acompanhadas de vegetais, tubérculos e raízes, tudo bem cozidinho e fácil de digerir. Isso sem falar dos bichos que eram cozidos na própria casca, como mariscos e tartarugas.

Onde tem uma panela no fogo, tem um lar doce lar. Em volta da mesa se reunia a família. A união entre o homem e a mulher se fortaleceu. Além do núcleo familiar, o cozimento também estimulou a socialização. As pessoas ficavam mais tempo juntas, conversavam, estabeleciam relações, praticavam atividades conjuntas.

Um chimpanzé de 30 quilos gasta seis horas por dia mastigando e outras seis digerindo o que comeu. É difícil extrair nutrientes de alimentos crus. Depois da nova dieta, sobrou tempo para as pessoas sentarem ao redor da mesa e jogarem conversa fora.

É isso por hoje. Tenham todos uma ótima semana.

Gênesis reloaded

TUDO ERA NADA e negro até o dia em que o nada e o negro explodiram em milhões de bolas de fogo. A Terra era uma dessas bolas que giravam na ciranda das labaredas. Aos poucos, o movimento foi desacelerando, o fogo foi se apagando e nosso planeta se cristalizou numa bola fria envolta em gases diversos.

Esses gases, em contato com a eletricidade e os raios ultravioleta que ocupavam o que antes era o nada e o negro, deram origem a moléculas de carbono, hidrogênio, oxigênio e nitrogênio que, somadas, formaram aminoácidos que caíam torrencialmente sobre a terra.

Em contato com as águas quentes dos mares, os aminoácidos viraram proteína.

Ora, a proteína guarda oxigênio no seu interior. Cada vez que uma delas arrebentava, o oxigênio ia para a água. Um número impensável de proteínas cuspindo oxigênio por bilhões de anos tornou os mares o ambiente perfeito para a proliferação de fungos e bactérias.

Logo surgiram outras formas de vida mais sofisticadas, as esponjas, as algas e os peixes. Alguns peixes criaram pernas e foram para a terra.

A essa altura, nossos bosques tinham vida e a vida mais amores. A terra era um emaranhado de árvores imensas, flores e samambaias.

Os peixes acabaram virando répteis, aves e mamíferos. Os mamíferos se diversificaram em inúmeras espécies, dentre elas, os primatas.

Um desses primatas se tornou inteligente, atributo único e irrepetível desde então.

No sábado Deus apareceu para inspecionar a obra, gostou do que viu e tirou o domingo para descansar.

QUANDO TIVE câncer, Fernão ficou mais apavorado que eu. Os pólipos no intestino são uma herança familiar. Eu tentava tranquilizá-lo dizendo que os meus talvez fossem benignos, mas ele só se lembrava dos tios e primos que eu havia perdido por conta dos malditos pólipos. Infelizmente, os meus também eram malignos. Marcamos a operação, tudo muito simples e rápido. Achei que em quinze dias estaria de volta ao trabalho. Acabei ficando um ano e meio no estaleiro. Passei por duas operações, químio, dores, enjoos, queda de cabelo, o kit completo.

Fernão foi meu enfermeiro, motorista, cozinheiro, dormia comigo no hospital, fazia as compras da casa, supervisionava a empregada, cuidava da minha alimentação, dos remédios. Precisei ficar doente pra acreditar que meu filho gostava tanto de mim quanto do pai. Acho que foi isso que me curou.

Conforme eu melhorava, aquele grude foi me sufocando. Ele praticamente morava na minha casa e passava o tempo inteiro perguntando se eu estava bem, se queria alguma coisa, me obrigando a comer. No meio da noite, ele entrava no meu quarto pra ver se eu estava respirando. Aquilo ia além da preocupação normal de um filho com a mãe doente.

Acontece que minha doença coincidiu com a depressão pós-Eduarda. Fernão aproveitou a deixa e desapareceu do mundo, dos amigos, dos compromissos literários, da escrita. Quer álibi melhor do que uma mãe com câncer?

Eu já estava curada, pronta pra retomar a vida, e ele continuava me usando pra se esconder do mundo. Um dia perdi a paciência.

— Volta pra sua casa. Quero ficar sozinha. Só me apareça aqui aos sábados, para almoçarmos juntos. Chega de ficar pendurado na barra da minha saia. Você não escreve mais, não viaja, não dá palestra, não se encontra com os amigos. Tá na hora de retomar sua vida. Se não conseguir, procura uma terapia. Vai te fazer bem.

— Que bela recuperação, dona Lena! Quer dizer que o doente agora sou eu? Pode deixar que hoje mesmo eu sumo da sua frente. Se precisar de mim, é só ligar.

À noite, quando ele não entrou no meu quarto pra ver se eu estava respirando, me deu vontade de chorar.

Décima primeira aula

HOJE VAMOS falar das primeiras migrações humanas. Segundo a teoria da origem única, ou berço africano, o Homo sapiens surgiu há 200 mil anos de uma população de aproximadamente 10 mil indivíduos que viviam no Deserto do Kalahari, no sul da África. Nossa espécie surgiu de um único grupo e nunca mais sofreu mutação genética importante. Todos os humanos nascidos de 160 mil anos para cá (idade do fóssil mais antigo de Homo sapiens) pertencem à mesma espécie, a humana, uma espécie que nunca mais se subdividiu. Não existem diferentes raças na nossa espécie, daí a incorreção de se falar em raça negra, raça amarela, raça branca. Muito menos a superioridade de uma delas sobre as outras. As teses racistas, além de abomináveis, são incorretas.

Biólogos moleculares chegaram à conclusão de que, apesar das diferenças, as populações humanas têm pouquíssimas variações genéticas.

Se uma mulher de qualquer lugar da terra transar com um homem do lado oposto do mundo, eles vão ter um filho que vai gerar outro filho, o que prova que são da mesma espécie. Machos e fêmeas de espécies diferentes têm filhos estéreis.

Os 7 bilhões de humanos que povoam a Terra descendem de um grupo de 10 mil africanos que não lotariam um estádio de futebol.

A diversidade dos grupos humanos se deve às condições geográficas, climáticas e de insolação que cada grupo teve que enfrentar para sobreviver.

Não é intrigante que o Homo sapiens tenha surgido justo na África, esse continente tão pobre, abandonado e subdesenvolvido?

A evolução precisa de pequenos bolsões chamados "pontos quentes" para acontecer. Regiões que, por serem pequenas, reúnem condições ideais para o surgimento de uma nova espécie. O continente africano tinha dois pontos quentes propícios à evolução. O primeiro é o Vale do Rift, uma linha de tensão tectônica que sai da Zâmbia e vai até o Mar Vermelho. Foi aí que surgiu o primeiro hominídeo há 6 milhões de anos.

O segundo ponto quente localiza-se nas cavernas da África Meridional, próximo ao Deserto de Kalahari, onde surgiu o Homo sapiens.

Atualmente, as populações que habitam essa região são as que têm maior diversidade genética do planeta. Quanto maior a diversidade, mais antiga é a população, já que ela teve mais tempo para multiplicar seus genes. O fato de ter a maior diversidade significa que são as mais antigas; se são as mais antigas, todas que vieram depois, descendem delas. Portanto, somos todos africanos ou, no mínimo, afrodescendentes.

Há 70 mil anos uma seca terrível na África e a erupção do vulcão Toba, na Indonésia, quase nos levaram à extinção. Escapamos por pouco. Dos 30 mil que éramos, fomos reduzidos a 2 mil sobreviventes, 2 mil!!! Sabem o que é isso? Esse déficit permaneceu por várias gerações, o que explica nossa pouca variedade genética até hoje.

Os sapiens que sobraram tomaram caminhos diferentes. Uns foram para a costa mediterrânea da África, outros foram para a Austrália. Tudo a pé, evidentemente. Naquela época os continentes eram ligados. Outros ainda foram para o Oriente Médio. Quando chegaram ao sul da Rússia, uma parte foi para a Ásia, outra para a Turquia e de lá chegaram à Europa.

O homem tinha povoado meio mundo, mas a paisagem do globo terrestre continuava inalterada. A presença humana não interferia na natureza. Os primeiros sinais da nossa existência só vão aparecer há 10 mil anos, com o surgimento da agricultura, supostamente na Síria.

Demorou milhões de anos para um grupo de caçadores e coletores descobrir que plantando sementes nasciam árvores que davam novos frutos com novas sementes. Em 5 mil anos a revolução agrícola mudou mais a cara do mundo do que nos 5 milhões de anos anteriores.

Há 15 mil anos umas poucas famílias que viviam na Sibéria atravessaram o Estreito de Bering, a pé, como de costume, e descobriram a América.

Depois disso o mar subiu e eles nunca mais voltaram para casa. Em menos de 2 mil anos, o que dá oitenta gerações, eles foram do Alasca à Patagônia.

Na mudança da Ásia pra América houve uma única mutação no nosso DNA. O aborígene americano é um tantinho assim diferente do Homo sapiens da Eurásia.

O portador dessa mutação é considerado o Adão americano. Calcula-se que ele tenha vivido entre 15 e 12 mil anos, que é a idade do crânio da Luiza, o fóssil mais antigo da América Latina, encontrado em Lagoa Santa, Minas Gerais.

Aí se levanta a seguinte questão: a evolução humana parou quando nos tornamos Homo sapiens ou ela continua acontecendo? Se continua, por que não nos modificamos substancialmente nem demos origem a nenhuma outra espécie?

Teses robustas afirmam que a evolução continua acontecendo. Só não surgiu outra espécie porque hoje a convivência entre populações diferentes é muito grande. Não existe mais o isolamento necessário para o surgimento de mutações.

Por hoje é só, tenham todos uma boa semana.

Raça desgraçada

Os SAPIENS sempre foram mentirosos, assassinos, cheios de artimanhas e nunca respeitaram os tais "direitos humanos", que só valiam para eles. Quem garante que, se nós tivéssemos vencido a parada, o mundo não seria melhor?

Éramos mais rudes, mas tínhamos sentimento. Ao passo que eles, nunca vi gente mais sem compaixão. Nada os detinha. Exterminavam sem piedade quem se punha em seu caminho. Entravam nos nossos acampamentos, arrebentavam com tudo sem olhar para nossa cara. Quando muito, jogavam uma esmolinha para as nossas crianças que tiritavam de fome e de frio. Agasalho e comida, nem pensar. E olha que eles tinham casacos maravilhosos.

Assavam javalis, bisões, macacos, queixadas, mas ai de quem fosse pedir um naco de carne. Era tocado a pontapés.

Bebiam e conversavam a noite inteira, parecia que tinham um papagaio na garganta. Não entendíamos o que diziam, mas devia ser engraçado porque chacoalhavam a pança e soltavam uivos tonitruantes.

Chegamos na Europa muito antes deles, ela é nossa por direito. Povoamos Alemanha, França, Portugal e Espanha. Agora chega o "senhor da razão", se apodera *do nosso território e ainda quer nos expulsar das nossas terras?*

Não adianta tentar acordo porque os argumentos deles são tão mirabolantes que não há quem os convença do contrário. Saímos sempre na pior por não conseguirmos expor nossas ideias com clareza.

O jeito é partir pro pau. Aí nos chamam de irracionais. O que adianta saber tanta coisa, realizar feitos incríveis, se a maldade está impregnada em cada conquista? Tudo que vocês conseguem traz a nódoa do sangue dos seus irmãos.

Tenho dó dos seus descendentes. O que vocês fazem hoje conosco é a planta baixa do inferno que eles herdarão.

Construtores do horror, arquitetos de tempos sombrios, é isso que vocês são.

Décima segunda aula

HOJE NOSSO curso chega ao fim. Foi um passeio apressado, superficial, mas acho que deu para mostrar um pouco da complexidade que foi a evolução da espécie humana. Quem quiser se aprofundar, material não falta. Existem muitos livros ao alcance do público leigo, fora o vastíssimo material na internet.

Para encerrar, quero falar de duas pesquisas muito interessantes. A primeira é de uns antropólogos ingleses que afirmam que a menopausa foi "inventada" para que as mulheres parassem de se reproduzir e ajudassem suas filhas a cuidar dos filhos delas. É a chamada hipótese da avó.

Do ponto de vista da perpetuação dos genes, é mais vantajoso para a mulher mais velha assegurar sua descendência garantindo a sobrevivência dos netos do que ter os próprios filhos em idade avançada e deixá-los órfãos.

A segunda pesquisa, mais impactante, é de três geneticistas da Universidade da Califórnia e saiu publicada na revista *Nature*, em 1987. Eles fizeram um estudo mitocondrial em 147 mulheres de diferentes grupos étnicos do mundo.

Isso porque a mitocôndria de todo ser humano, homem ou mulher, é idêntica à de sua mãe. Sendo assim, foi possível traçar uma árvore genealógica que vai da mulher do século xx à primeira mulher do gênero humano, a nossa Eva mitocondrial.

Essa mulher viveu há cerca de 200 mil anos no Kalahari. Ela é o ancestral comum de todo o gênero humano. Em inglês, MRCA, Most Recent Common Ancestor.

Claro que a tal Eva não era a única mulher existente no pedaço, mas foi a única que produziu uma linhagem de descendentes que chegou aos nossos dias.

Se somos todos filhos de uma única mãe, somos todos irmãos. E não por determinações filosóficas ou religiosas, mas por imposição genética. Não é sensacional? Se vocês pensarem nisso um minuto por dia, eu serei a professora mais feliz do planeta.

Contem comigo para o que precisarem.

E agora vamos aos comes e bebes, porque se tem uma coisa que macaco adora é fazer festa.

No ano passado a Eduarda voltou pro Brasil e aconteceu o que eu mais temia. Ela e Fernão reataram. Com toda calma do mundo, ele me disse que se casaria com ela, que era o grande amor da sua vida, e que só me restava aceitá-la porque não tinha sentido nós dois vivermos distanciados um do outro.

— Vamos marcar um almoço pra vocês se conhecerem melhor. Você escolhe o lugar.

— Me dê um tempo pra pensar. Não posso resolver isso assim. Você tem ideia do que tá me pedindo?

— Eu tô pedindo pra você conhecer a mãe dos seus futuros netos.

Cada vez que pego o Tomás no colo, sinto uma lufada de esperança no futuro da humanidade. Ele é o mini sapiens mais lindo que já apareceu sobre a face da Terra. Meus genes seguirão adiante. E também os do Homero, da Lurdinha e até os do negão da Lurdinha.

Hoje à noite, quando o Fernão e a Eduarda vierem buscá-lo, vou mostrar as histórias que escrevi durante o curso de paleontologia que fiz há quase dois anos. Se não forem muito ruins, vou pedir pro meu filho levar para alguma editora. "Escritora septuagenária lança livro de contos baseados na evolução da espécie humana."

Ficção, ficção, tudo é ficção.

Este livro é uma obra de ficção que não tem compromisso com a verdade científica dos fatos. Tudo que aqui está é fruto de pesquisas feitas em alguns livros sérios, outros mais ou menos sérios e muitos nada sérios. Muita coisa veio de jornais, revistas, Wikipédia, You Tube e outros derivados virtuais. Nada foi totalmente inventado, mas houve muitos arredondamentos em prol da literatura, soberana do começo ao fim nesta obra.

Agradeço a minha filha Bebel, pelo amor incansável e paciente. E aos amigos Beatriz Antunes, Andrea del Fuego, Marcelino Freire, Joca Reiners Terron, Rodrigo Lacerda, Ronaldo Bressane e Maria José Silveira, que estiveram comigo nessa longa caminhada.

De maneira especial, agradeço a Índigo, que com suas observações preciosas me fez chegar à forma final.

Esta obra foi composta em Minion e impressa
em papel polen bold 90 g/m², em setembro de 2017,
para a Editora Reformatório.